LES JOLIS GARÇONS

Paru dans Le Livre de Poche :

NO ET MOI

LES HEURES SOUTERRAINES

DELPHINE DE VIGAN

Les Jolis Garçons

JC LATTÈS

© Éditions Jean-Claude Lattès, 2005.
ISBN : 978-2-253-12481-8 – 1re publication LGF

Pour Margot et Alexis

« Je ne crois pas que l'enfance que j'ai connue m'ait rendu triste. Je crois simplement qu'elle m'a fait sans arrêt tomber amoureux des filles. »

Robert MAC LIAM WILSON.

MARK STEVENSON

Marc n'était pas chauve. Ou pas complètement. Marc se rasait le crâne, sans doute pour dissimuler une calvitie trop avancée pour son âge. Marc était rasé et lisse. Marc était beau. Contrairement à d'autres hommes que j'ai pu fréquenter, Marc ne reniflait pas, ne toussait pas, Marc n'était jamais importuné par quelque démangeaison ou fourmillement intempestif – en tout cas n'en laissait rien paraître – Marc ne bâillait pas, malgré ses nombreux déplacements et ses nuits sans sommeil, ne se frottait pas les yeux, Marc ne se mouchait pas, n'allait pas aux toilettes, en ma présence Marc se tenait droit.

À ma connaissance Marc n'a jamais été malade. Marc n'avait pas le teint pâle, ni les traits tirés, ne portait pas de chemise froissée ni de vêtement taché, Marc s'habillait chaque jour de manière différente, pouvait changer plusieurs fois de tenue au cours d'une même journée. J'ai connu Marc en costume, en jean, en smoking, en maillot de bain. Marc était toujours tiré à quatre épingles, l'épiderme lisse et le regard brillant. Marc échappait aux contingences et aux impondérables, savait garder ses distances, Marc était inaltérable.

Non Marc ne disait jamais bonjour ni au revoir. Il était là et puis plus. Marc ne m'a jamais dit merci.

Le quinze septembre de l'année dernière, j'ai vu Marc pour la première fois. Le vingt-huit mai, j'ai cessé de voir Marc. Pendant ces quelques mois, Marc a été le centre de ma vie. Ou plutôt : Marc a été ma vie tout entière, ma vie aspirée dans cette spirale unique et vorace. La banalité de ce constat n'ôte rien à la particularité de notre rencontre. J'aimerais pouvoir parler de liaison mais je sais que le mot ne convient pas. Je cherche un autre mot qui dirait tout à la fois l'attente, la joie et la perte. Il n'y en a pas. Marc est un être à part, se situe hors de toute catégorie, dès lors qu'il s'énonce Marc se soustrait, s'échappe, d'ailleurs je devrais écrire « Mark » – et non pas « Marc » – mais c'est ainsi que Marc m'appartient. Je suis seule aujourd'hui à pouvoir parler de lui et, de tous les gens qui l'ont côtoyé, je suis celle qui l'a le mieux connu.

Marc restera à moi. Dans mon souvenir. Dans le souvenir opaque de ces quelques mois, dissous dans l'attente de nos retrouvailles.

C'était un jour gris, juste avant l'automne. Isabelle m'avait appelée vers neuf heures pour me demander de lui faire quelques courses parce qu'elle était malade. Je venais de perdre mon travail et ma vie était à peu près aussi vide qu'un couloir d'appartement témoin. La porte était entrouverte quand je suis arrivée. J'ai trouvé Isabelle enveloppée dans une robe de chambre en éponge, allongée sur le canapé, un oreiller coincé sous la nuque. La télévision était allumée. J'ai posé les sacs sur la table du salon. Marc était là, assis dans un fauteuil. Il souriait. Isabelle s'est levée d'un bond, a filé vers la cuisine. Sans prendre la peine de me présenter, elle avait attrapé les sacs en plastique et m'enjoignait déjà de la suivre.

Je me suis retournée, j'ai regardé Marc pendant plusieurs secondes, je ne crois pas avoir souri.

Isabelle s'est assise sur un tabouret pendant que je rangeais les courses. Du salon ne parvenait aucun bruit. Elle s'est mise à parler, de sa grippe, de son travail, de Raphaël, qui était parti un soir et n'était jamais revenu. Elle l'avait attendu jusqu'au matin, allongée sur le lit, les yeux grands ouverts. Quelques semaines plus tard il avait envoyé quelqu'un chercher ses affaires.

Deux ans après Isabelle ne pouvait rien raconter d'autre que cette blessure, et le bruit de la porte qu'il avait claquée, ce bruit qui la hante encore. J'ai refermé le réfrigérateur et les placards, me suis assise à côté d'elle, elle m'a semblé si frêle dans sa robe de chambre, j'ai eu envie de la prendre dans mes bras.

Quand nous sommes revenues dans le salon, Marc était parti. Isabelle a repris sa place sur le canapé, une couverture patchwork remontée sur ses jambes, les bras croisés au-dessous des seins, elle m'a semblé plus pâle qu'à mon arrivée. J'ai dit : je vais te laisser te reposer. Elle m'a fait signe d'éteindre la télévision.

Je ne crois pas qu'Isabelle m'ait remerciée pour les courses. Il y a longtemps qu'elle ne s'embarrasse plus des usages ni des convenances. Je ne peux pas lui en vouloir. Je sais que le manque prend parfois toute la place.

Sans le savoir Isabelle m'avait offert Marc et c'était bien assez.

Je n'ai pas cherché à le revoir. Marc était resté avec moi, comme une lumière violente se colle à la rétine. Marc était ce point lumineux, cette étincelle éblouie incrustée dans l'œil, Marc à sa façon m'était resté attaché, Marc m'avait suivie sans qu'aucun mot eût été prononcé. Marc est venu à moi, Marc s'est imposé, je pourrais dire *comme une évidence*, mais l'usure de l'image attirerait sans doute votre attention sur la mauvaise foi présumée de mon propos. Pourtant Marc est venu à moi, j'en suis sûre. Un après-midi, à dix-sept heures. Vous m'avez demandé à plusieurs reprises de raconter cette scène, mais à chaque fois il me semble que quelque chose manque, se dérobe, résiste à toute tentative de commentaire.

Le dix-huit septembre, soit trois jours après ma visite chez Isabelle, Marc était chez moi. Marc était là et portait une chemise noire. Un peu gêné, il s'est lancé dans un monologue sur les mystères de la rencontre et de l'attachement. Je traduis avec mes propres mots, Marc ayant toujours préféré le pouvoir évocateur des images à la précision du vocabulaire.

Je devais me rendre compte par la suite que Marc portait des chemises de couleur sombre – noir, marron, pourpre – plus rarement des tee-shirts, et qu'il était capable de parler plusieurs minutes autour d'une idée unique et relativement simple. Marc était capable de répéter à l'infini la même chose sous des formes différentes. Marc maniait l'art de la rhétorique comme aucun autre homme de ma connaissance et, sous l'apparente platitude de son discours, se dissimulaient souvent d'inventives figures de style. Marc ne craignait ni la redondance ni le ridicule. Par exemple (je préfère prendre les devants pour ce qui est des exemples, que vous me réclamez sans cesse pour illustrer mon propos – ce qui au fond ne m'étonne pas puisque vous ne connaissez pas Marc), il pouvait dire :

– La femme qui saura m'aimer doit m'attendre aujourd'hui, sans demander quand, sans exiger, sans pleurer, comme la terre attend la pluie.

Et quelques minutes plus tard :

– Comme la terre attend la pluie, la femme qui saura m'aimer doit savoir m'attendre, car l'amour sait s'armer de patience, sans larmes et sans exigences.

Pourquoi riez-vous ? Je restitue les propos de Marc avec l'exactitude et la précision qu'ils méritent. Je ne prétends pas que ces propos me fussent destinés. Entre Marc et moi, le lien s'était tissé de manière immédiate, invisible, et, au-delà d'une attirance physique évidente – et indéniablement réciproque – ce lien se nourrissait d'autres connivences.

Ce jeudi dix-huit septembre, Marc s'est donc lancé dans l'un de ces monologues interminables dont je devais comprendre très vite qu'ils constituaient son unique mode de communication. Il était assis là, en face de moi, et je percevais combien il lui était difficile de me regarder. Apprêté, ses mains posées à plat sur les accoudoirs, il avait au coin des lèvres cette esquisse de sourire qui, lorsque j'en parle – encore aujourd'hui et malgré tout ce qui s'est passé –, continue de me perforer le ventre. Je me tenais là, ni près ni loin de lui (je ne saurais préciser la distance exacte qui nous séparait), silencieuse. J'observais ses gestes, et sa bouche quand il parlait. Je n'ai pas posé de questions. Il m'a fallu du temps pour parler à Marc, mais j'y reviendrai. J'aurais voulu qu'il me tende la main, être au contact de sa paume, de sa peau, quelques secondes auraient suffi pour rendre à mon corps sa matière première, de chair et de sang, je sais de quoi je parle, je ne vais quand même pas faire un dessin. Quelques secondes auraient suffi mais je n'ai pas bougé, figée dans cette contemplation passive, bouche bée. Marc ne s'en est pas formalisé. Il a dû mettre mon silence sur le compte de la surprise et cela prouve bien sa finesse d'esprit, la perspicacité de son jugement, car on peut dire littéralement que je n'en revenais pas.

Adolescente je portais des lunettes double foyer et un appareil dentaire que mes cousins surnommaient *la centrale nucléaire*, ma mère me coupait les cheveux très court par mesure d'hygiène et, tandis que mes amies arboraient chaque jour des collants de couleurs différentes, je portais été comme hiver une blouse grise qui descendait jusqu'aux chevilles. Il m'a fallu longtemps pour comprendre que même le plus vilain des petits canards peut se transformer en cygne quand il lui pousse des cheveux d'or et qu'il découvre les lentilles de contact.

Pour autant, encore aujourd'hui, je m'étonne toujours qu'un homme s'intéresse à moi.

Je n'ai pas d'idéal, comme je vous l'ai dit lorsque vous vous êtes inquiété de savoir quel était mon *genre d'homme*. J'ai aimé les hommes quand ils ont commencé à me regarder. Je peux dire que j'ai aimé des grands, des petits, des menus, des charnus, des chevelus, des clairsemés, des bons et des truands. Pourtant, lorsque je l'ai vu pour la seconde fois, au milieu de mon salon, j'ai compris que Marc était exactement mon *genre d'homme*. Et cela n'avait rien à voir avec le fait qu'il soit grand, bien habillé et de carnation plutôt brune (pour ce que je pouvais en juger). Marc n'appartenait à aucun *genre* répertorié. Marc ne correspondait à aucun critère, Marc ne s'apparentait en rien aux hommes que l'on pouvait croiser dans la rue. Marc semblait capter une lumière particulière, à lui réservée. Marc était là et exerçait à mon endroit une attraction que je qualifierais de sexuelle par souci de simplification.

Marc n'est pas resté longtemps. Cette rencontre fut la première d'une longue série, toujours aux mêmes heures et pour un temps limité. Marc avait d'autres obligations, j'allais rapidement m'en apercevoir. Non que Marc m'ait caché quoi que ce fût, mais il avait sa façon à lui de dire les choses, avec toujours cet air de s'adresser à quelqu'un d'autre, comme si les fréquentes interférences auxquelles nous étions soumis ne devaient pas avoir d'importance à mes yeux.

Quand je suis arrivée ici, je ne vous ai rien caché de la relation un peu particulière qui nous unissait Marc et moi, je n'ai rien caché, ni l'attente, ni l'isolement, ni la situation de Marc au moment où je l'ai rencontré. Jusqu'à cet instant de colère, où j'ai frappé Marc. J'ai frappé Marc le jour où j'ai cru n'être rien pour lui, je veux dire rien d'autre qu'une spectatrice impuissante, prête à tout entendre sans jamais rien recevoir. Je n'espère ni votre pardon ni votre compassion. Je voudrais juste que vous compreniez. J'ai eu si peur de le perdre. Je sais maintenant que je me suis trompée. Marc m'aimait. Marc, à sa manière, m'était fidèle autant que j'ai pu l'être à lui.

J'ai pleuré beaucoup plus tard. J'ai pleuré quelques heures après mon transfert dans cette institution spécialisée, lorsque vous vous êtes assis en face de moi. Vous avez ouvert un dossier qui portait mon nom écrit en lettres capitales, vous avez parcouru devant moi un rapport dactylographié fourni par l'hôpital. J'ai pensé à Marc, à mes mains sur son visage, j'ai pensé à ces mots qu'il faudrait trouver, pour nommer l'indicible, l'irrecevable, pour dire, sous mes doigts hésitants, les lèvres soyeuses de Marc.

Dans le secret de mon salon, nous avions vécu la douceur, le trouble, l'impalpable. Nous avions vécu une rencontre qui échappe à l'entendement, un amour déchiré, fragmentaire, un amour qui ne ressemble à nul autre : intouchable.

Mais, en face de vous, j'ai su tout de suite que nous n'avions aucune chance.

J'essaie de raconter Marc tel qu'il m'est apparu, et cette constance ensuite avec laquelle il est venu, chaque jour ou presque, fidèle à ses horaires et à ses habitudes. Mais quand je suis assise de l'autre côté de votre bureau les récits les plus simples m'apparaissent laborieux, les faits se brouillent, s'obscurcissent, et leur sens même finit par m'échapper. Je vous raconte Marc parce qu'il le faut, cela fait partie de la règle du jeu. Je n'ai pas d'animosité particulière à votre égard, j'éprouve même, à la longue, une certaine affection pour vous, mais je dois avouer que je supporte mal votre perplexité – pour ne pas dire votre suspicion – lorsque je vous parle de Marc. Vous commencez souvent vos phrases par : « Ne croyez-vous pas… ? » ou « Êtes-vous si sûre que… », autant de pièges à peine camouflés tendus sous mes pieds. Vous m'appelez Emma et cherchez à installer entre nous une entente cordiale à laquelle j'aurais voulu résister.

Vous tentez depuis plusieurs semaines de me faire renoncer à ma version des faits. Je sais comment les choses se sont passées et je suis seule pour en témoigner.

Je n'ai pas le droit de regarder la télévision, ni de lire des magazines. Les livres oui, mais pas n'importe lesquels. Mon frère Martin téléphone à l'hôpital pour savoir si tel ou tel titre entre bien dans la catégorie des *autorisés*. Je n'ai pas tardé à repérer les critères de sélection. Sont proscrits : les romans à l'eau de rose, les contes, les biographies de personnes célèbres, et, d'une manière générale, toutes les histoires où il est question de sentiments amoureux. Bannies les impératrices, les belles du seigneur et les bicyclettes bleues. Autant dire qu'il ne reste rien.

Martin vient me voir presque tous les jours avec ce vent du dehors qui emmêle ses cheveux, Martin me parle de mes amis, me donne des nouvelles de mon chat, me rappelle qu'il n'y a pas si longtemps j'étais une personne normale, capable de rire bêtement, de faire ses courses et de danser toute la nuit, une fille de vingt-six ans qui aimait les gens et les jupes à fleurs.

Déjà quand nous étions enfants Martin était ma consolation, mon réconfort. Déjà Martin savait dire l'après, et la félicité de nous tenir là. Côte à côte.

Vous aimeriez savoir où nous allions à l'école, ce que nous faisions le mercredi, si nous dînions en famille, si nous avions la télévision. Vous aimeriez savoir si j'étais amoureuse, si j'avais des amis, si je jouais au papa et à la maman, si je me déguisais en princesse ou en fée carabosse. Vous voudriez que je cherche dans l'enfance la faille où Marc a creusé son lit. Vous voudriez que je cherche, au-delà du vide.

J'aimerais pouvoir vous raconter des jeux, des bêtises, citer les noms de mes institutrices. J'aimerais pouvoir décrire une chambre, des posters sur les murs, et le chemin de l'école. Au lieu de ça, je vous ai parlé de mon appareil dentaire parce que je garde, comme si c'était hier, la sensation du fer dans la bouche. Je vous ai raconté mes genoux écorchés parce que je me souviens, sous le doigt, de la douceur du sang séché. Je vous ai raconté que nous descendions chez la voisine du dessous, chaque soir après l'école, pour voir *Les Mondes engloutis*. De l'enfance il reste peu d'images. Les seules qui me reviennent, avec une étrange précision, sont celles de ce dessin animé. Je me souviens de Spartacus, de sa cape beige, de ses bottes et de son pantalon blanc. Ses cheveux noirs, ses muscles saillants et sa peau mate. Je me souviens de la couleur de l'eau, de la terre aride et des grottes souterraines.

Mon père et ma mère aiment raconter la petite fille que j'étais, solitaire et contemplative. Ils aiment raconter comme je travaillais bien à l'école, comme j'étais sage à la maison, mon goût pour les livres et mes robes immaculées. Mes nuits sans sommeil à la veille des rentrées des classes. Ils se souviennent des bulletins scolaires, des angines de l'hiver, des spectacles de fin d'année. Ils se souviennent des vacances en Lozère, des Noël en famille et des randonnées en Pataugas.

De l'enfant mort, ils ne disent rien. De l'enfant mort ils ont gardé les photos sous clé. Un soir de novembre, le directeur de la pension a téléphoné. Ils sont montés dans la voiture, par la fenêtre j'ai suivi la lumière jaune des phares qui s'éloignait. Plus tard ils ont rangé les affaires dans des cartons, ôté les draps du lit bleu, fermé la chambre, ils ont dit que Nathalie ne reviendrait plus. J'ai regardé Martin, ses petites mains posées sur la table, ses cheveux indociles, ses lèvres qui tremblaient.

Alors il m'a semblé que je n'avais rien de plus précieux, rien de plus fragile que ce petit frère. Rien de plus vivant. Alors il m'a semblé qu'un voile noir s'était posé sur nous, un voile de honte et d'interdit. Ils ne savaient pas. Combien le silence pèse, et qu'il ronge les familles, par petits bouts.

Nous travaillons ensemble à partir d'un récit qui m'échappe à mesure qu'il s'élabore. Nous travaillons ensemble pour que je puisse rentrer chez moi. Martin me l'a dit. Que tout avait brûlé. Qu'il ne restait que la petite table en marbre. Et qu'il avait dû tout jeter, par sacs poubelles de cent litres, des sacs remplis des vestiges de mon existence *réelle*. Pas grand-chose en fait. Des livres, des journaux, le tapis en acrylique du salon, ou plutôt ce qu'il en restait, et puis des lettres sans doute, mais je m'en fous pas mal des lettres puisque Marc ne m'a jamais écrit. Martin a nettoyé. Le feu, je ne m'en souviens pas. Mais l'odeur me suit. L'odeur est encore là, la nuit comme le jour, âcre dans la gorge.

Vous m'expliquez avec douceur que je dois me réapproprier ma vie d'avant. Selon vous je fais preuve d'une incapacité profonde à appréhender la réalité. Entre la réalité et le fantasme, il existe semble-t-il une frontière tangible qui m'échappe et que vous maîtrisez. Lorsque je suis assise en face de vous, j'aperçois dans vos yeux une vérité qui m'est étrangère. Je regarde les murs, leur couleur triste et sale, je cherche autour de moi une issue dérobée qui me permettrait d'échapper une fois pour toutes à la réalité effective des choses.

Quand je l'ai rencontré, Marc était sur le point de quitter sa femme. Marc ne m'a rien caché. Il portait son alliance et, durant ces quelques mois où nous nous sommes fréquentés, il ne l'a jamais retirée. Marc n'a jamais tenté de dissimuler quoi que ce soit. Je crois au contraire qu'il avait besoin d'en parler. Il est revenu à maintes reprises sur les différents épisodes de sa vie conjugale, comme s'il lui fallait en passer par là, dire et redire, pour avancer : comment il avait rencontré Betty dans cette station-service près de Chicago, sa surprise lorsqu'elle était montée dans sa voiture, ses jambes immenses sous le collant satiné, son vanity-case argenté posé sur ses genoux, ses cheveux clairs et vaporeux, leur première nuit dans un motel désert. Marc n'omettait aucun détail. Il l'avait ramenée chez lui, ne sachant ni d'où elle venait ni comment elle s'était trouvée là, un soir d'hiver, installée sur son siège passager. Betty n'est jamais repartie. Il l'a épousée quelques mois plus tard, pour la douceur de sa nuque et les boucles blondes échappées de son chignon. Il l'a épousée car elle était la plus jolie femme qu'il avait rencontrée. L'idylle n'a pas duré. Marc n'a pas tardé à découvrir que Betty couchait avec Alex, son meilleur ami. Il a d'abord essayé de comprendre, s'est montré prêt à pardonner. Ils ont déménagé, Betty a cessé de voir Alex, mais selon ses propres mots Marc était blessé *dans son orgueil* et *dans son âme*. Marc allait quitter Betty. Sa décision était prise. Il lui fallait du temps pour être capable de se projeter dans un autre amour. Ce temps j'étais prête à le lui offrir, puisqu'il était là. Et son sourire. Et le son de sa voix.

Vous riez. Si. Je vous ai vu rire. Qui êtes-vous pour juger de l'intérêt de cette histoire, en souligner la médiocrité, qui êtes-vous pour mépriser les sentiments d'autrui ? La situation vous semble stéréotypée. Les relations doivent sans doute être plus complexes, plus ambivalentes, pour mériter votre attention.

Mais la vie est comme ça, aussi douloureuse et aussi simple que ça.

Je n'ai pas été dupe de Marc. Je sais, avec le recul, qu'il était sincère. Il ne m'a jamais menti. Il croyait qu'il aurait la force.

Selon vous la vraie question n'est pas de savoir si, au moment où je l'ai vu pour la première fois, Marc était prêt ou non à quitter sa femme. Vous m'invitez à m'interroger sur d'autres aspects de ce que vous rechignez par ailleurs à appeler notre *relation*. Vous cherchez la faille. Je le vois à votre façon de triturer votre stylo, aux rides qui apparaissent sur votre front quand vous réfléchissez. Vous soulignez mes hésitations et vous plaisez à débusquer mes contradictions. Je me demande parfois combien de corps ont caressé vos mains. Pardonnez-moi. Vous avez l'air de quelqu'un qui ne connaît rien à la chair ni au vertige.

Je me suis souvent demandé s'il était possible de dire son désir à un homme. Si cela pouvait faire partie des règles du jeu. Est-ce qu'on peut dire à un homme (Marc dirait : *à brûle-pourpoint*) : tu me plais. Ou bien faut-il attendre que l'homme vienne à soi, sans jamais aller au-devant de lui ? Avec Marc la question ne s'est pas posée. Avec Marc il n'était pas possible d'aller au-devant de quoi que ce fût. J'étais une spectatrice, envoûtée, fascinée, j'étais à lui bien avant d'envisager qu'il pût m'appartenir. Il existe dans le regard des hommes des atomes invisibles qui percutent ou caressent la peau. Et dans la lenteur de leurs gestes l'impatience du corps. Je sais que Marc m'a désirée dès la première fois. Les mots n'y pouvaient rien. Les mots lui permettaient de retarder le moment où nos mains se rencontreraient. J'ai attendu que Marc soit prêt. Puisqu'il était là.

Vous m'incitez souvent à revenir sur les premiers jours. Vous aimeriez me voir nommer l'imprudence, ce moment qui vous échappe où je me suis offerte à Marc : sans conditions. Je sais bien ce qui vous trouble. Ce n'est pas qu'une femme puisse accueillir un homme chez elle, un homme venu de nulle part, dont elle ne sait rien. Vous ne vous étonnez pas non plus que cette femme ait reçu chez elle cet homme plusieurs jours de suite sans prononcer un mot. Non. Vous voulez savoir comment j'en suis venue à parler à Marc, quelles ont été mes premières phrases.

Que j'aie parlé à Marc, c'est cela qui vous étonne.

Vous auriez sans doute préféré davantage de constance dans mon silence. Vous vous arrangeriez mieux d'un récit où je me montrerais moins consentante. Les premières fois où Marc est venu, je me suis lovée dans le canapé, jambes repliées, offrant à son regard mes pieds nus et mes ongles vernis. Les premières fois où Marc est venu, je me suis contentée de l'écouter. Ne vous y trompez pas. Je n'ai pas pris de pose. Je me suis tenue à distance, prudente sans être farouche, je n'ai recherché ni le contact ni la connivence. S'il m'est arrivé de caresser mes genoux ou mes bras, s'il m'est arrivé de lui laisser entrevoir mes cuisses à la faveur d'un changement de position, cela n'était pas volontaire. Dans l'air confiné de mon salon, j'ai cherché son odeur. J'ai regardé sa bouche et imaginé sa peau. Ma main sur sa peau.

La quatrième ou la cinquième fois où Marc est venu, j'ai dit je suis contente que tu sois là. J'ai dit tu m'as manqué. Je me souviens du son de ma voix, rauque d'avoir été trop longtemps contenue, et cette peur que j'avais de lui déplaire. J'avais passé tout le week-end en pyjama, entre la couette et le canapé, à attendre le lundi que Marc revienne. Je n'étais pas descendue faire de courses. J'ai dit tu m'as manqué et ma voix tremblait. Marc n'a pas cillé. J'ai lu dans ses yeux l'émotion et la joie, l'attente et l'envie. Je dois dire, pour être honnête, que je m'étais maquillée plus que de coutume et, après plusieurs essayages, avais fini par enfiler un caraco de soie rouge et un pantalon taille basse particulièrement moulant. Perchée sur mes talons aiguilles, j'ai fait mine d'aller chercher à boire dans la cuisine, afin que Marc puisse me contempler de dos. J'ai marché doucement, ondulante sans ostentation, mes cheveux caressaient le bas de mes reins. Je suis revenue deux minutes plus tard, Marc n'avait pas bougé. Marc regardait au loin, tentant de dissimuler le trouble dans lequel je l'avais laissé. J'ai bu à petites gorgées, sans dire un mot. J'ai levé les yeux vers lui, il m'a semblé que Marc marmonnait quelque chose, et puis il s'est laissé tomber sur le fauteuil, les mains jointes au-dessous du menton comme pour une prière.

Alors j'ai pensé que ma vie n'aurait plus jamais de sens si elle devait être privée de cet homme, j'ai pensé que jamais plus je ne pourrais rire, ni parler, ni marcher, si cet homme devait me quitter.

Je ne me suis jamais étonnée que Marc ne vienne pas le week-end. Il lui fallait du temps et Betty ne devait rien savoir. C'était le genre de femme à amasser des preuves et à utiliser contre lui, le moment venu, les papiers froissés, les tickets de carte bleue, les relevés de compte ; tout ce qui lui tomberait sous la main. Elle, je l'ai vue plusieurs fois. Et comme elle se suspendait à son cou, hissée sur la pointe de ses escarpins, son corps moulé dans des robes en stretch et ses poignets alourdis d'or. Ses bras maigres musclés aux haltères. Ses cils divisés en petits paquets sous les couches de Rimmel. Ses lèvres dégoulinantes de gloss. Et l'arrogance de son rire, comme si Marc lui appartenait, et avec lui tous les hommes de la terre. Elle, je l'ai vue plusieurs fois et je n'ai jamais pu l'aimer. Vous comprenez n'est-ce pas, je n'ai jamais pu ni la haïr, ni l'aimer.

Il est arrivé à Marc de s'alimenter chez moi. Sans doute parce qu'en raison d'un emploi du temps très tendu il n'avait pu le faire avant de venir. Je n'ai jamais pu prévoir dans quelle disposition ni avec quelles intentions Marc se présenterait. Je me suis adaptée sans mot dire à l'imprévisibilité de ses exigences et de ses comportements.

J'ai regardé Marc manger. Dans cet exercice comme dans toute chose, Marc se distinguait. Marc mastiquait longtemps sans qu'aucun aliment semblât séjourner dans sa bouche. Dois-je vous préciser que Marc parlait en mangeant ? Et pourtant Marc ne parlait pas la bouche pleine. Marc parvenait, par une opération parfaitement maîtrisée que je ne saurais reproduire, à mâcher, parler et déglutir sans qu'aucun aliment fût rendu visible.

Même quand il avait l'air de s'adresser à quelqu'un d'autre, Marc me parlait à moi. Il restait souvent debout, devant la bibliothèque, ou arpentait le salon en faisant les cent pas.

Marc occupait mon espace. Marc était le temps arrêté, suspendu, Marc était ma douceur, ma plénitude. Marc était là comme une icône, Marc se donnait à voir et à aimer.

Vous aimeriez savoir. Ce que je disais à Marc, ce que je faisais avec Marc, ce que je faisais sans Marc, vous réclamez des détails, des dates, des exemples. Je pose mes mains sur mes genoux, bien à plat, et parfois j'entends la musique de Marc. J'ai mal à la tête. Je préférerais parler de vous. De cette tache brune sur votre tempe, de la couleur de vos chemises, de l'heure à laquelle sonne votre réveil, de la marque de votre eau de toilette. Je préférerais être chez moi, comme avant, quand j'attendais Marc.

Dans la pénombre. Ici les fenêtres n'ont pas de rideaux. Dans votre bureau la lumière s'étale sur le sol comme une flaque blanche et lorsque je demande qu'on baisse le store vous me répondez qu'on ne peut vivre comme ça, dans l'obscurité. Il faut de la lumière, dites-vous, pour y voir clair. Moi je voudrais mettre mes mains sur mes yeux, sur mes oreilles aussi, et ne plus rien voir ne plus rien entendre de ce qui vient du dehors, je voudrais rester au-dedans de moi-même, qu'on me laisse dans le souvenir de Marc, qu'on me laisse garder Marc pour moi toute seule, qu'on me laisse avec ce cri au fond de la gorge, et tant pis si j'étouffe. À quoi bon dire et redire, à quoi bon chercher dans le souvenir des raisons d'en être arrivée là, car il vous faut des circonstances, mais je n'ai pas besoin d'excuses ni de pardon, j'ai besoin de Marc et il n'est plus là. Qu'on me laisse avec mes rêves si je ne sais pas vivre autrement. J'ai besoin d'être seule pour retrouver le sourire de Marc.

Je n'ai pas voulu frapper Marc, je n'ai pas voulu lui faire mal, je voulais juste qu'il se taise.

Je sais pourtant qu'il me faudra renoncer à *ma* vérité. Et qu'alors plus rien ne sera jamais semblable, ni mon visage dans le miroir, ni l'eau sur ma peau, ni mon corps étendu sous les draps, ni le bruit de mes pas sur le trottoir, quand je serai sortie d'ici, je sais que plus rien n'aura la même couleur. Mais je garderai dans la bouche le goût âcre du feu, et à l'intérieur des mains la suie noire qui me souille tout entière.

Non Marc n'est jamais resté et c'est la preuve de quoi ? Marc est venu chaque jour, à de rares exceptions près, chaque jour pendant des mois, à la même heure, faisant preuve, faute de mieux, d'une extrême ponctualité. Non Marc n'est jamais resté plus d'une demi-heure. C'était peu, et c'était beaucoup. C'était peu et c'était toute ma vie. Je savais que ce temps était volé et que mon prénom ne figurait sur aucune page de son agenda. Qu'il rêvait comme moi d'heures alanguies, de nuits blanches, de dimanches enfermés. J'aimerais pouvoir vous dire qu'un jour Marc a oublié de repartir. J'aimerais pouvoir vous raconter ce jour où Marc s'est étendu sur mon lit et n'a pu se relever. J'aimerais pouvoir vous dire ce jour où nous sommes restés enlacés tout l'après-midi, dans la chaleur et la nudité des corps, ce jour où nous ne sentions plus nos membres, endoloris d'être restés serrés si longtemps. J'aimerais me souvenir du grain de sa peau dans la lumière du soir.

Mais Marc est toujours reparti.

Non Marc ne m'a jamais dit qu'il m'aimait, qu'il ne pouvait pas vivre sans moi. Faut-il toujours des mots pour nommer les sentiments ? Faut-il énoncer les choses pour qu'elles existent ? Marc ne m'a jamais rien promis, ni lendemain, ni lune de miel, ni amour éternel. Non Marc ne m'a jamais demandé explicitement de l'attendre. Marc était là, chaque jour, et cela suffisait. Que vous faut-il de plus ? Car je vois bien votre moue et vos sourcils froncés. Et ces notes que vous griffonnez d'un geste rapide sur votre carnet, quand je me contredis. Je sais bien ce que vous voudriez m'entendre dire. Cela vous arrangerait. Et pour seul alibi mon désenchantement. Je vous vois venir, car peu vous importent finalement les causes ou les circonstances. Quand je vous dis que Marc m'aimait, qu'il m'aimait d'une manière différente, singulière, vous réclamez des preuves. Des traces. Vous savez aussi bien que moi qu'il n'y en a pas. Marc n'a laissé ni lettre, ni message. Marc n'a parlé de moi à personne, et pour cause. Mais vous devriez savoir qu'on ne promet pas seulement avec les mots, que parfois la voix se fait plus profonde, plus grave, et qu'alors elle donne la force d'attendre, chaque jour.

J'aimerais que vous puissiez comprendre : attendre sans rien demander. Attendre un homme qui n'a rien promis.

Marc passait beaucoup de temps au téléphone. Il restait debout, immobile, évoquait ses préoccupations familiales ou conjugales, ses doutes et ses atermoiements. Même en ma présence, Marc n'hésitait pas à livrer des détails sur sa relation avec Betty ni à résumer les épisodes précédents, s'assurant ainsi de la compréhension et de la compassion de son interlocuteur. J'avais pour ma part une connaissance suffisamment approfondie de la situation. Mais ma constance faisait ma force. D'humeur égale et hospitalière, j'ai laissé Marc vaquer à ses occupations.

Il lui arrivait aussi de recevoir des appels professionnels. Marc n'éteignait jamais son portable. Marc était disponible à tout moment pour ses clients, ses amis, ses relations. Marc était un avocat célèbre. Quand il était au téléphone, Marc m'échappait. Je m'asseyais et je regardais ses lèvres. Au creux de ses cuisses, les plis de son pantalon. Ses mains volubiles.

Je dois admettre que Marc n'a pas toujours fait grand cas de ma présence. Du moins en apparence. Les gens se défendent comme ils peuvent. Les gens sont capables de mettre en œuvre de subtiles stratégies d'évitement. Je crois que Marc avait peur de l'élan qui le projetait vers moi. Il lui fallait du temps. Au fond je n'avais besoin ni d'explications ni d'excuses. Il essayait de sauver son mariage. Mais, malgré ses principes et ses sentences moralisatrices, Marc était déjà ailleurs. Chez moi. Chaque jour. À dix-sept heures.

Je ne sais plus très bien quand Marc s'est mis à boire. Au début je n'y ai pas prêté attention. Marc se servait un verre de whisky, puis un deuxième, puis un autre encore avant de repartir. Pourtant je n'ai jamais senti en approchant ses lèvres l'odeur de l'alcool. Je n'ai jamais vu la sueur perler sur son

front. Marc ne s'est jamais montré agressif, ni vulgaire, Marc n'est jamais reparti ivre. Si j'y réfléchis,
je crois que Marc s'est mis à boire quand Betty a
commencé à se montrer plus pressante pour faire
un enfant. Je me souviens de son geste rapide,
pour attraper la bouteille, tout en parlant de ses
affaires ou de ses rendez-vous, et cette façon qu'il
avait de porter le verre à sa bouche, sans le
regarder. Il buvait à courtes gorgées, sans cesser
de parler, se resservait sans même s'en rendre
compte. Marc était trop jeune et trop beau pour
que l'on puisse deviner l'alcool sur son visage.
Marc restait frais et rasé de près. Je n'ai jamais fait
la moindre réflexion à Marc au sujet de l'alcool.

Je sais combien le corps a parfois besoin de chaleur.

Je suis toujours passée à côté des hommes. Je les
ai aimés trop tôt, trop vite, ou trop tard. J'ai toujours accordé une grande importance à leur regard,
à leurs épaules, à la forme de leurs fesses, au grain
de leur peau. J'ai aimé les hommes d'abord pour
leur visage, leur silhouette ou leur démarche. Je ne
me suis jamais trompée. Je veux dire que lorsque
l'heure est venue de se raconter, de s'écrire, je n'ai
jamais été déçue. Les mots venaient après la peau.
J'ai toujours su choisir les hommes, au premier
coup d'œil, les deviner, les débusquer. Ce sont les
hommes qui m'ont quittée. Les hommes · m'ont
quittée parce que j'en demandais trop, ou pas assez.
Parce que je ne savais pas dissimuler le trouble, ni la

fragilité, ou parce qu'au contraire je me tenais trop
loin d'eux. Les hommes m'ont quittée parce que
j'avais peur de les perdre ou parce que je m'en
foutais. Les hommes ne m'ont jamais laissé le
temps.

Avec Marc j'ai cru que cela serait différent.
Avec Marc j'ai cru qu'il suffisait d'attendre. D'être
là. Je l'ai laissé imposer son rythme, son horaire,
son mystère. Marc venait avec sa musique, ses
monologues et ses sentiments inavouables. J'ai
voulu Marc. Je l'ai voulu plus que tout. Je sais que
cela n'a pas de sens à vos yeux. J'ai du mal à croire
en vous regardant que votre sexe puisse se tendre
et votre cœur battre à vous faire souffrir. Les yeux
grands ouverts j'ai rêvé des heures entières que je
marchais dans la rue avec Marc. Son bras enser-
rant ma taille, mon pas calqué sur le sien. J'avais
soif d'extérieur. J'avais besoin d'être dehors avec
Marc, dans le regard des autres. J'avais besoin de
son bras autour de mon cou, de sa main dans la
mienne. J'ai longtemps cru que Marc m'attendrait
un jour au pied de mon immeuble, à la sortie du
métro, qu'il surgirait au détour d'une rue. J'ai
longtemps guetté le pas de Marc derrière moi, ses
mains sur mes yeux, son souffle dans mon cou. Je
voulais être avec lui dans la morsure du froid et
puis aux terrasses des cafés. J'ai imaginé Marc
devant ma porte, un soir, la tête entre les mains.
J'ai imaginé Marc frappant au milieu de la nuit,
l'urgence de nos baisers. Je n'ai jamais passé de

nuit avec Marc. J'aurais pu caresser son corps pendant des heures. J'aurais pu veiller à ses côtés. Je sais que cela vous semble stupide. Vous ignorez sans doute qu'à désirer si fort les choses, elles finissent parfois par arriver.

Comment avez-vous aimé ? N'avez-vous jamais regardé une femme, avec insistance, pour qu'elle vous regarde aussi ? N'avez-vous jamais suivi une femme dans la rue, en espérant qu'elle se retourne ou qu'elle s'arrête ? N'avez-vous jamais rêvé de rencontrer une femme en achetant un pyjama, en descendant votre poubelle, ou au fond d'un bar désert ? N'avez-vous jamais désiré une histoire comme on en voit dans les films, cette facilité, cette évidence ? N'avez-vous jamais cherché à lire le hasard, à détourner les coïncidences ? N'avez-vous jamais imaginé des retrouvailles fortuites, des dialogues spirituels, et la violence du désir ?

Alors c'est que vous ne croyez à rien.

Je ne sais pas parler d'elle. Je n'ai rien à en dire. Betty était la femme de Marc un point c'est tout. Si j'ai eu connaissance de ses faits et gestes, ainsi que de certains détails de son intimité, c'est que Marc l'a bien voulu. Je n'ai jamais interrogé Marc à son sujet. Je n'ai jamais demandé à Marc si elle travaillait, quel parfum elle portait, ni où elle achetait ses vêtements. Je n'ai jamais interrogé Marc sur leur vie commune. Je n'ai pas cherché à savoir où ils vivaient, ni dans quels restaurants ils dînaient. Je n'ai jamais demandé à Marc où ils faisaient leurs courses, ni s'ils partaient en week-end.

Pourtant je sais tout ça.

Oui, il m'est arrivé de les voir, je ne peux pas le nier. Oui, il m'est arrivé d'assister à leur insu à des scènes entre elle et lui. De la voir caresser son dos, prendre sa main, embrasser ses lèvres, de la voir pendue à son bras ou à son cou. Oui je les ai vus cette nuit où ils ont fêté leur anniversaire de mariage dans une boîte à la mode. Cette tenue ridicule qu'elle portait, étincelante de vulgarité, et je ne parle pas des heures qu'elle avait dû passer chez le coiffeur pour faire tenir pareil monticule sur le haut de son crâne. Je ne parle pas non plus des bagues trop nombreuses à ses doigts, ni de son maquillage outrancier. Je les ai vus boire, et danser, et rire aussi. Et autour d'eux ces amis choisis pour fêter l'occasion, capables comme eux de jouer la comédie, de lever leur verre et de faire semblant d'y croire. Oui je les ai vus aussi ce soir de novembre où ils se sont disputés devant la baie vitrée, et la violence de Marc quand il lui a jeté les lettres d'Alex au visage.

Je vois bien où vous voulez en venir. Je n'ai rien à cacher. Je n'ai jamais provoqué ces situations. Je ne les ai jamais suivis. Quoi que que vous puissiez en conclure, je reste convaincue que ces intrusions dans leur vie privée ont eu lieu parce que Marc le souhaitait.

À partir de décembre, je ne suis plus sortie. Cette décision vous semble sans doute démesurée au regard des causes qui l'ont motivée. Je n'ai jamais eu le sens des proportions. J'avais peur de rater Marc. Je n'avais rien d'autre à perdre que lui. Et puisque Marc n'était visible que chez moi, dans l'intimité de mon salon, puisque Marc n'avait rien d'autre à m'offrir que ces rencontres minutées et programmées, je pouvais aussi bien rester là, patiente et immobile, dans l'attente de sa voix.

Les premiers jours, j'ai été tentée de descendre pour acheter une baguette ou me dégourdir les jambes. Mais Marc se méritait. Marc valait bien quelques sacrifices. Il n'est pas si douloureux de s'extraire de la vie du dehors. Au bout d'une semaine ou deux, on s'habitue. La rue, la foule, le bruit ne sont que divertissement. La proximité des corps nous aide à croire que nous ne sommes pas seuls. L'illusion se paye en tickets de caisse et en coupons de carte orange. Mais l'illusion avait assez duré. Je n'avais plus besoin d'aller et venir. Je n'avais plus besoin de tuer le temps sous mes pas pressés. Je n'avais plus besoin d'être dans le regard des autres, ni dans les rayons des supermarchés. J'avais besoin de Marc.

J'ai appelé l'épicier en bas de chez moi et j'ai fait une première liste. J'ai dit que j'étais malade. J'ai tiré les rideaux. Dans ma chambre, j'ai étalé sur le sol l'ensemble de ma garde-robe. J'ai fait couler un bain brûlant dans ma baignoire sabot. Je me suis allongée sur le lit et j'ai pensé à Marc, à tout ce temps que j'allais pouvoir lui consacrer.

À partir de ce jour je n'ai plus rien fait d'autre qu'attendre Marc. Pour lui, j'ai versé dans mon bain des huiles parfumées, me suis habillée, coiffée, maquillée, j'ai peint mes ongles chaque jour d'une couleur différente. Pour lui j'ai passé l'aspirateur, lavé les verres, choisi l'odeur entêtante des encens. J'ai gardé les rideaux fermés pour que ces moments n'appartiennent qu'à nous, pour que rien, aucune lumière, aucun reflet, ne puisse nous distraire de nos retrouvailles. Lascive, j'ai attendu Marc.

Je n'ai pas cherché à le retenir. Je ne lui ai jamais demandé de rester. Je ne me suis jamais accrochée à ses vêtements, n'ai jamais pleuré, ni fermé la porte à clé. Marc disparaissait comme il était venu. Marc me laissait ses gestes, sa voix, son regard, Marc me laissait son sourire et le souvenir des mots qui avaient été dits. Je restais avec lui, capable de rejouer en boucle les instants qui avaient précédé, de diluer ses paroles à l'infini, prolonger dans la langueur des fins d'après-midi ses silences ou ses soupirs. Je gardais au fond de moi cet espoir insensé qu'un jour Marc s'endormirait dans mes bras.

J'aimerais pouvoir vous dire ses mains dans mes cheveux, son souffle entre mes cuisses, son empressement à toucher ma peau. J'aimerais pouvoir vous dire le regard de Marc quand je laissais tomber mes robes de soie sur mes pieds nus.

J'aimerais pouvoir vous dire Marc à l'intérieur de moi. Son visage dans la jouissance. Ses doigts traçant les courbes de mon corps, ses lèvres sur ma nuque, et son rire après l'amour.

Non Marc ne m'a jamais touchée et c'est la preuve de quoi ?

Je suis fatiguée de raconter Marc et le reste aussi. J'ai admis devant vous mes défaites et mes regrets, déposé sur votre bureau quelques aveux douloureux. Vous y voyez un signe avant-coureur de mon renoncement. Vous vous adressez à moi avec davantage de tendresse et parfois il me semble déceler dans votre voix les accents de la compassion. Vous vous inquiétez de savoir si j'ai bien dormi, posez votre main sur mon épaule quand je sors de votre bureau. Mais nous n'avons pas fini. Nous sommes loin du compte, n'est-ce pas ? L'essentiel reste à dire.

Du bout des lèvres vous me demandez s'il m'est arrivé de toucher Marc. Oui. Au bout d'un mois ou deux. Je ne sais plus. Marc se tenait généralement loin de moi, de telle sorte qu'il apparaissait à peu près aux trois quarts dans mon champ de vision. Parfois Marc s'approchait, sans que j'aie pu percevoir son mouvement, et il me semblait, dans cette soudaine proximité, que Marc ne possédait plus de corps. Ce rapprochement correspondait généralement à des moments de tension dramatique ou d'introspection, suffisamment intenses pour dissuader de ma part toute tentative d'ordre tactile.

Quand j'y pense aujourd'hui il me semble que Marc s'est toujours donné à voir mais jamais à toucher. D'emblée, par sa distance ou son indisponibilité, Marc a situé notre relation hors de tout commerce sexuel, quelle que fût la frustration que j'aie pu en concevoir. Pourtant je n'ai pu m'empêcher de poser les mains sur Marc. Marc m'a pardonné ces écarts. Marc, par délicatesse ou par pudeur, a toujours fait mine de ne pas le remarquer. Il ne m'a jamais repoussée. Je me souviens de mes mains brûlantes sur les vêtements de Marc, et cette sensation étrange sous mes doigts : électrique. Je me souviens que souvent Marc continuait à parler.

Non, sous mes mains expertes, Marc n'a jamais faibli. Non Marc n'a jamais défait les boutons de sa chemise ni baissé son pantalon. Non je n'ai jamais pu deviner un quelconque signe de plaisir sur son visage. Marc n'a jamais émis aucun soupir ni d'ailleurs aucun son qui ressemblât à la manifestation d'une jouissance. Il avait des principes. Je sais que cela peut sembler démodé.

Vous ne dites rien mais je perçois votre infinie désapprobation. Vous me reprochez d'avoir enfreint des règles que Marc n'a jamais énoncées. Je sais que vous n'avez rien dit. Il suffit de vous regarder. Vous aimez laisser peser ce silence incrédule qui m'oblige à commenter vos doutes. Vous aimez m'entendre répondre aux questions que vous n'avez pas posées.

Je n'ai pas forcé Marc. S'il avait désapprouvé ces gestes, Marc ne serait pas revenu.

Vous aimeriez savoir pourquoi j'ai perdu mon travail avant de rencontrer Marc, pourquoi je n'ai pas revu Isabelle, pourquoi je n'ai jamais répondu aux appels de Martin, quand il a commencé à s'inquiéter. Vous aimeriez savoir pourquoi je n'ai jamais parlé de Marc à personne, d'où vient mon goût pour l'obscurité, et pour le vernis à ongles. Vous aimeriez savoir à quoi ressemblait l'amour avec les autres hommes. Vous m'invitez à m'asseoir en face de vous, vous vous approchez de moi, l'œil interrogateur, inaugurez chacune de nos rencontres par un sourire expectatif qui trahit malgré vous votre impatience. Vous approchez du but, vous le savez. J'ai perdu en route l'aplomb qui me permettait de soutenir votre regard. Par la fenêtre, j'observe le gravillon des allées, la couleur des feuilles, la forme étrange des nuages. J'escalade les murs et je grimpe aux arbres.

Bientôt nous serons parvenus au bout de l'histoire, là où plus rien ne peut être dit. Bientôt nous n'aurons plus rien d'autre à contempler que ce paysage désolé, cette vie sans fable que je dois me réapproprier.

Le jour venu, saurez-vous me tendre la main ?

Je vous ai raconté tout ce que je savais d'eux, l'incapacité de Marc à se détacher de Betty, l'emprise de sa famille à lui, l'impensable déshonneur qu'eût représenté un divorce, et puis la mort de son père, quelques mois après notre rencontre, scellant à tout jamais l'interdit. L'errance de Marc et son goût de plus en plus prononcé pour l'alcool. Je vous ai raconté tout cela, malgré votre sourire incrédule chaque fois que j'en viens à évoquer les obstacles qui se sont dressés sur notre route.

J'ai parlé de Marc à Martin quand il s'est inquiété de ne plus me voir sortir. Il me harcelait au téléphone et menaçait de venir me chercher. Je ne suis pas entrée dans les détails. J'ai seulement dit à Martin que j'avais rencontré Marc chez Isabelle et qu'il venait chez moi chaque jour. Je voulais l'attendre et ne rien faire d'autre. Martin m'a fait répéter plusieurs fois son nom, comme si cette information à elle seule ouvrait un abîme sous ses pieds. Martin m'a demandé si je plaisantais. J'ai déconseillé à Martin de tenter quoi que ce soit pour me faire sortir. J'aimais Marc au-delà de tout ce qu'il pouvait imaginer. J'ai demandé à Martin d'être avec moi, comme il l'avait toujours été. Mais Martin avait du mal à imaginer Mark Stevenson dans mon salon. À croire que Martin n'avait jamais lu *Cendrillon*.

D'emblée, ma rencontre avec Marc s'est située hors de toute narration. Je sais maintenant qu'elle aurait dû rester ainsi, entre lui et moi, et qu'alors les choses eussent été plus simples.

Je n'ai jamais guetté Marc et pourtant je l'ai vu souvent arriver au volant de sa Lamborghini. J'adorais la manière dont il claquait la portière, ce coup d'œil maternel qu'il jetait derrière lui lorsqu'il s'éloignait. Marc aimait les belles voitures, les mets délicats, le bon vin et les étoffes soyeuses. Marc aimait les signes extérieurs de richesse. Il portait une chevalière en or et des vêtements de marque. Je ne me suis jamais intéressée aux voitures et suis incapable de distinguer une berline d'un coupé. J'ai su que Marc roulait en Lamborghini car il y a fait allusion à plusieurs reprises, lors des nombreux appels téléphoniques qu'il recevait dans mon salon. De la même manière, j'ai appris que Marc possédait différents biens immobiliers aux quatre coins des États-Unis, ainsi qu'une maison avec piscine sur Beverly Hills. Il est impossible, même avec la meilleure volonté, de ne pas entendre des propos tenus à moins de deux mètres de soi. Il m'arrivait de profiter des coups de fil de Marc pour aller chercher un pull ou un verre d'eau. Mais le temps nous était compté et je savais que chaque minute perdue ne serait pas reportée. Je me suis montrée aussi discrète que je pouvais l'être, m'interdisant par exemple tout commentaire sur la nature ou la durée de ses conversations téléphoniques. Je n'ai jamais cherché à m'immiscer dans la vie de Marc. Nous avions un périmètre commun, délimité dans le temps comme dans l'espace et, jusqu'à un certain point, je me suis contentée de ce qui m'était offert. Les premières semaines, lorsque je sortais encore, il m'est arrivé de tomber sur des photos de Marc en feuilletant des magazines. Marc marchant dans la rue dissimulé derrière des lunettes noires, Marc au milieu d'un cocktail mondain, un verre à la main, Marc en survêtement Adidas accompagné d'un chien, Marc venu féliciter ses amis à la première d'une superproduction américaine. Je n'ai pas conservé ces photos. À partir de décembre, j'ai cessé de sortir et n'ai plus été confrontée à l'image publique de Marc.

Je me souviens qu'entre les mains des hommes j'ai souvent douté de leur présence. Comme les autres vous savez faire semblant – semblant d'être là, d'écouter, de dire – mais vous ignorez le sacrifice. Pour Marc j'aurais tout donné. Même quand j'ai commencé à lui parler alors qu'il n'était pas là, je n'ai pas eu peur. À vrai dire je n'ai jamais très bien perçu la limite entre sa présence et son absence. Marc apparaissait puis Marc s'évaporait. Un jour j'ai continué à parler à Marc après son départ, et puis tard dans la nuit. Lorsque je me suis levée le lendemain Marc était toujours là. Marc se diffusait dans mes veines, Marc irradiait chaque parcelle de mon appartement, Marc était partout, par diffraction, par contagion, Marc m'habitait comme un courant continu. Au début ce n'était qu'un jeu. Une manière de poursuivre, de maintenir le lien, de combler le vide laissé par son départ. Et puis j'ai oublié que Marc vivait ailleurs. Marc était là. Je le connaissais suffisamment pour imaginer ses réponses, ses gestes, et dans l'obscurité l'assurance de sa démarche. Je le connaissais suffisamment pour savoir quels mets lui préparer pour le dîner. Je mettais le couvert pour deux. J'allumais les bougies. Vous avez du mal à croire qu'on puisse aller jusque-là. J'ai commandé pour Marc une brosse à dents verte. Des rasoirs triple lame.

Non je n'ai pas eu peur et c'est sans doute ce qui vous étonne, qu'on se laisse emporter aussi loin, là où plus rien ne vous retient ni ne vous empêche, là où tout est permis.

Vous ignorez sans doute qu'il faut perdre pied pour être dans la douceur du songe, sans entrave, vendre son âme et sa raison, mais ce n'est pas cher payé, croyez-moi, si je vous disais la légèreté du corps, offert et vulnérable, et le bonheur de fermer les yeux, quand Marc était près de moi. J'ai peur que vous ne puissiez comprendre, cette fragilité extrême, cette fragilité délicieuse qui me rendait la vie.

Quand je vous regarde je me demande de quoi sont faits les hommes, de quelle matière. Il me semble si j'y réfléchis que votre chair possède des propriétés physiques qui mériteraient qu'on s'y attarde. Je parle de particularités thermiques, dynamiques, électrostatiques, je parle d'étanchéité et de résistance aux chocs. Vous ne voyez pas ce que je veux dire ? Vous êtes assis en face de moi, vous ne me quittez pas des yeux, si je tendais la main je pourrais vous toucher mais déjà votre corps se dérobe. Vous donnez à voir votre visage – miroir tendu au-dessus du vide –, soulignez mes hésitations, désapprouvez mes raisonnements, vous m'accueillez chaque jour avec la même expression lisse et sans humeur. Permettez-moi de m'interroger sur votre corps dans tout ça, sous la blouse oui. Votre corps échappe, votre corps apparaît comme une image inaccessible, désincarnée, et pourtant il est là. Parfois il me semble que rien ne bat sous vos vêtements, rien ne frémit, aucun désir, aucune douleur. Vous n'offrez au regard qu'une matière inerte privée de souffle. Je ne cherche pas d'excuses. Je n'ai pas la prétention de vous prouver quoi que ce soit. J'essaie seulement de vous dire que la frontière entre la réalité et la fiction est plus ténue que vous ne pouvez l'imaginer. J'essaie de vous dire qu'au-delà de la substance vous devriez chercher l'onde. N'est-ce pas ce qui nous lie ? L'onde invisible, impalpable, l'onde élective ? J'oubliais qu'il vous faut voir pour croire. J'oubliais votre air narquois quand j'évoque devant vous l'éloquence du silence ou la conversation des chaises.

Lequel est le plus vivant de nous deux, je vous le demande ? Qu'est-ce qui me prouve que vous existez en dehors de ce bureau quand je vous y retrouve chaque jour, à la même heure, dans la même position ? Qu'est-ce qui me prouve que vous n'êtes pas le fruit empoisonné d'une vulgaire illusion d'optique ?

Non Marc ne m'aimait pas. Voilà ce qu'il me faut admettre, au point où nous en sommes. Marc est venu chaque jour mais n'éprouvait à mon égard ni attirance ni sentiment. Je baisse les yeux pour ne pas avoir à soutenir votre regard. Je baisse les yeux pour ne pas arracher les vôtres, car je vous hais et je n'ai pas peur des mots, je vous hais de m'avoir emmenée malgré moi jusqu'à ce point de non-retour. Pardonnez ma violence comme je pardonne la vôtre, plus silencieuse. C'est donc là où il faut en venir, pour exister au sens où vous l'entendez, dans ce monde tangible qui se palpe et se mesure, où seuls comptent les actes et leurs causes. Je n'en veux pas. Je ne veux pas non plus de votre compassion, je ne veux pas de votre voix claire qui me tire vers une vérité sans douceur, je ne veux pas de votre lumière ni de votre aide. Pardonnez-moi.

Suis-je coupable d'avoir aimé un homme incapable de me caresser ? D'avoir aimé un homme incapable de me regarder ? N'avez-vous jamais négocié quelques arrangements avec la réalité ? N'avez-vous jamais traqué les gestes, les regards,

pour justifier votre trouble ? N'avez-vous jamais
cru entendre, en deçà des mots, la musique souter-
raine des sens cachés ?

C'est que vous n'avez pas aimé. L'amour se
nourrit de miettes, de bribes, de soupirs, l'amour
n'a pas besoin de déclaration ni de discours,
l'amour n'a pas besoin de preuves, l'amour fait feu
de tout bois et se gave d'illusions. Sinon il n'y
aurait rien. Vous avez raison, parlons du leurre
puisque c'est de cela qu'il s'agit. J'ai cru que Marc
m'aimait et je dois admettre que je me suis
trompée. Marc cherchait seulement un endroit
chaleureux où se reposer. Marc cherchait une
terre d'asile où les questions lui seraient épargnées.
Marc ne m'aimait pas. Marc n'avait pas besoin de
mon amour.

Je n'ai jamais pensé, pas un seul instant, que
Marc pût voir une autre femme. Je veux dire en
dehors de Betty et moi. Je disposais d'une visibilité
suffisante sur son emploi du temps pour exclure
a priori toute suspicion de cet ordre. La situation
me semblait suffisamment compliquée sans y
ajouter de paramètre supplémentaire. Je n'y ai
jamais pensé jusqu'à ce jour où Isabelle m'a
appelée pour prendre de mes nouvelles. Isabelle,
au cours de la conversation, a fait allusion au fait
qu'elle avait vu Marc la veille. Elle trouvait que
cela commençait à devenir lassant, ces tergiversa-
tions sans fin avec Betty et ces rebondissements
ridicules auxquels on ne croyait plus. J'ai demandé

à Isabelle si elle le voyait souvent. Elle a paru étonnée de la manière dont je formulais la question. J'ai répété est-ce que tu le vois souvent ? *Voir*, le verbe lui semblait peu approprié. Elle aurait plutôt utilisé *regarder*. J'ai pensé que, sous une apparente désinvolture, Isabelle accordait soudain beaucoup d'importance aux mots. Mais Isabelle a rapidement abandonné ses réflexions sémantiques pour m'avouer que oui, elle *voyait* Marc presque tous les jours. Quand je lui ai demandé si Marc lui avait parlé de moi, Isabelle a éclaté de rire. J'ai raccroché. J'avais mal à la tête. Marc est arrivé quelques minutes plus tard. Il n'a pas eu le temps d'ouvrir la bouche. J'ai attrapé le moulage en bronze posé sur le guéridon et je l'ai frappé au visage. Je me souviens du bruit assourdissant, et de mon corps à terre, mon corps lourd sous la fumée noire. Je voulais rester là, ne plus bouger, je voulais que Marc s'approche de moi, qu'il s'agenouille à mes côtés, me caresse les cheveux. Je voulais que Marc se penche sur moi et embrasse ma bouche.

Et alors tout serait pardonné, l'attente et le mensonge.

Mais Marc n'a pas bougé. Marc s'est évanoui, Marc a disparu dans un nuage de fumée noire, je ne reviendrai pas sur le bruit, car Marc lui-même serait à court de métaphores pour décrire l'ampleur de la déflagration.

Non Marc n'est pas mort. Marc ne gardera de ma violence aucune cicatrice. Marc est indemne car Marc n'existe pas. Mais ce ne sont que des mots et j'aimerais pouvoir vous dire que seule compte la musique, et le silence aussi, j'aimerais pouvoir vous dire le regard de Marc, mais je n'ai plus la force.

Voilà donc où il nous fallait en venir, ensemble. Vous me regardez et je répète devant vous, distinguant chaque syllabe pour en décupler l'impact : Marc n'existe pas. Marc n'a jamais existé. Nous avons mis tout ce temps pour en arriver là, je dis *nous* mais n'y voyez aucune intention de vous inclure dans une défaite qui vous est étrangère, je dis *nous* mais ce n'est qu'un artifice formel, car vous savez depuis longtemps que Marc n'est qu'un leurre. Je dis *nous* pour me sentir moins seule. Peu importe finalement ce que vous savez et ce que vous ignorez, peu importe votre incapacité à percevoir l'immatériel, votre inaptitude à la poésie. Et maintenant que j'ai dit ça, devant vous, *Marc n'existe pas*, maintenant que ces mots tant redoutés sont sortis de ma bouche, je retrouve le vide immense, le vide insondable d'avant Marc. Qu'avez-vous à m'offrir en échange de Marc, quel amour digne de votre assentiment, ancré dans la réalité des choses, quelle promesse d'un ailleurs ou d'un autre homme, quels lendemains ? J'ai perdu Marc et vous n'avez rien d'autre à offrir que le vertige.

Vous avez froid ? Je vous regarde et soudain vous me semblez si vulnérable. Vos yeux sont cernés et vos mains cherchent en vain un endroit où se poser. C'est étrange que cela me touche autant, cette fatigue sur votre visage. Non, vous ne criez pas victoire. Vous n'avez rien gagné. Vous partagez ma défaite. Vous savez ce qu'est l'amour et comme il nous habite, nous grandit, comme il nous brise et parfois nous laisse sans vie.

Je me suis trompée, et je vous demande pardon, vous êtes un homme de chair, je le vois dans vos yeux, et ce chagrin de me laisser là.

Aujourd'hui je me suis habillée, coiffée, maquillée comme au temps de Marc, aujourd'hui j'ai mis du rouge à mes lèvres et du Rimmel sur mes cils. Aujourd'hui j'avais envie d'être jolie et de porter des talons, de laisser flotter derrière moi des effluves de parfum, et percevoir, dans votre regard, une pointe d'étonnement. Aujourd'hui en descendant vous dire au revoir je suis passée devant la salle de télévision où les autres se retrouvent tous les après-midi, pour tuer le temps. J'ai entendu la musique de Marc, qui m'est encore si familière, je me suis approchée, j'ai glissé ma tête dans l'entrebâillement de la porte. Immobiles, dans un silence religieux, ils regardaient *Destins de braise*. Je suis entrée dans la pièce, tout doucement. J'ai vu Marc. Marc était là. Marc n'avait pas changé et pourtant Marc m'a semblé différent. Il portait une chemise noire et son visage était aussi lisse qu'au premier jour. Marc était intact. Marc était beau. En gros plan, Marc souriait, derrière lui j'ai reconnu les rideaux rouges de sa chambre.

Alors je me suis approchée de l'écran, ignorant les cris et les protestations, je me suis agenouillée devant Marc et j'ai posé mes mains sur son visage, pour la dernière fois.

ETHAN CASTOR

Prenez un homme qui aime les femmes, le corps des femmes surtout. Il a une quarantaine d'années, il est beau mais fatigué.

Prenez une femme qui aime les hommes, la peau des hommes mais pas seulement. Elle va avoir trente ans, elle est jolie quand elle y prête attention, parfois on se retourne sur elle, on la dévisage, parfois elle est grise, on ne la voit pas.

On dit de lui qu'il est sombre, drôle, qu'il aime l'alcool et les compétitions de patinage artistique. On dit qu'il vit dans le silence, que plus rien ne peut l'atteindre, ni la musique ni les mots.

Qu'il n'a aimé qu'une femme.

On dit d'elle qu'elle est douce, fantasque, un peu sauvage. Qu'il y a dans son regard, quand elle se tait, quelque chose qui met à nu. Que parfois sa voix se brise, quand elle rit.

Elle n'a aimé qu'un homme, un homme qui n'existe pas.

Il écrit. Il est l'auteur de six romans. Il a eu un prix littéraire, vendu les droits pour des films, on parle de lui dans les journaux et dans les soirées, on aime son humour, ses excès, sa manière si précise de décrire le désordre.

Elle n'écrit pas. Sauf quand un homme la quitte, un homme qu'elle a aimé.

Prenez un homme et une femme et mélangez.

Nous nous sommes quittés devant l'hôtel, je crois que je souriais. Il fallait choisir les derniers mots, ceux dont on se souviendrait. Mais nous n'avions plus rien à dire. Rien qui puisse changer le cours des choses. C'était trop tard. Trop tard depuis le début. Trois jours clos, volés, trois jours dans une vie, combien pour renoncer ?

Je suis descendue jusqu'au métro, les jambes molles, le ventre ouvert. Dans la rue les hommes me regardaient, c'est étrange comme on attire le regard quand on a beaucoup baisé. Je suis montée dans une rame de la ligne quatre, je me suis assise, Ethan Castor était au plus profond de moi, indissoluble. À Saint-Sulpice, j'ai rouvert les yeux, j'ai compris que j'avais pris la ligne dans le mauvais sens, je suis descendue, je riais toute seule (ce même rire, stupéfait, que j'avais eu quelques mois plus tôt, alors que je lisais son premier livre dans le train qui me ramenait de Quimper). Quand je suis repassée par la station Saint-Michel, j'ai pensé qu'il devait être arrivé au Flore où il avait rendez-vous avec un ami qui écrit des articles pour un magazine littéraire. En sortant je suis allée directement chez Maxi Shop, j'ai erré dans les rayons pendant plusieurs minutes sur une chanson de Jean-Jacques Goldman, dont j'ai appris depuis qu'elle s'appelait « Sans toi » (« *quoi que je fasse, où que je sois, rien ne t'efface, je pense à toi* »). J'ai toujours aimé les chansons d'amour. Sans discernement. Au milieu des fruits et légumes, je me suis arrêtée, un panier en plastique pendait au bout de mon bras. Il était vide et j'ai eu envie de pleurer.

Ça m'arrive parfois, dans les supermarchés, à cause de la musique.

Je ne suis pas triste, je suis en manque. C'est une béance à l'intérieur du corps ; qui bat ; et coupe le souffle. Je m'arrête, m'observe en train de faire quelque chose, lire un journal, remplir une machine de linge sale, ou bien je suis en face de quelqu'un que je n'écoute pas. Je suis absente à moi-même, je suis ailleurs, dans le premier hôtel ou dans le second, allongée sur un lit. Offerte. Ses mains entourent mon visage, il dit tout bas : *mon amour.*

Je ne dors plus, la nuit glisse en surface, il est près de moi : sa bouche, ses cils quand ses yeux sont fermés, son odeur.

Il dit : Emma tu es le diable.

Je rejoue à l'infini ses gestes, ses paroles, je cherche dans le souvenir ce moment où le corps se donne, sans plus de résistance, où le reste s'efface, disparaît, je cherche ce moment précis, qui me hante, ce renoncement, je suis étendue sur un lit, entière entre ses mains.

Car rien, aucune caresse, aucun mot, ne sera recommencé.

Je garde de lui un petit hématome sur le sein gauche, l'empreinte marbrée de ses mains sur ma peau, un briquet Bic orange, qu'il m'a donné le premier soir. Quand je pense à lui quelque chose s'ouvre, se dilate, au fond, tout au fond de mon cul.

Je ne dis pas « cul », je dis « fesses », je ne dis pas « baiser » mais « faire l'amour », je ne dis pas « chatte » ni « bite » ni « queue », pourtant sur le papier j'ai couché ces mots, avec eux le souvenir de ses doigts à l'intérieur de moi, et sa bouche entrouverte, quand il veut que je crache, et ma langue sur ses paupières, j'ai couché les mots pour mieux les observer, humides, salés, et maintenant j'en cherche d'autres, plus violents, plus crus, pour dire le manque, mais il n'y en a pas.

C'est une nuit d'été, je le vois pour la première fois ; Ethan Castor est accompagné, il regarde les autres femmes, me regarde, de bas en haut et de haut en bas (quand je lui raconte cette scène, quelques mois plus tard, il s'en défend). Je n'ai lu aucun de ses livres et j'ai dû m'assoupir pendant quelques années car, au grand étonnement des convives, je n'ai jamais entendu parler de lui. Un verre à la main, Paul me raconte en quelques mots le dernier livre d'Ethan Castor, très drôle, très noir aussi, il veut me le présenter, je n'en ai pas envie.

De loin j'observe Ethan Castor, il a l'air en colère, c'est quelque chose à l'intérieur de lui, à peine perceptible, qui me bouleverse. Il fume debout, sa femme est restée assise sur le côté, elle est très belle.

Plus tard, c'est un jour de septembre, je marche dans la rue, je vais chez Martin qui organise une fête pour son anniversaire. Deux sacs en plastique remplis de bouteilles me fendent les mains, comme toujours je rêve pendant que je marche (ou marche pendant que je rêve), je pose un pied devant l'autre, par habitude – au fil des années il me semble que j'ai gagné en équilibre, en précision (enfant je « jouais à l'aveugle », maintenant je n'ai plus besoin de fermer les yeux), je peux parcourir des centaines de mètres sans regarder devant moi. Mais pas cette fois. Je rencontre un homme, le choc est frontal, mes sacs tombent, les bouteilles volent en éclats, une flaque se répand sous mes talons, j'ignore s'il faut rire ou pleurer (j'hésite souvent, à vrai dire). Je ris. Lorsque enfin je parviens à faire le point sur l'homme qui est devant moi, le souffle coupé, je le reconnais. Il est vêtu de noir, les mains dans les poches il sourit. Je me perds dans des excuses interminables, mille pardons, je suis tellement distraite, c'est de ma faute, je ne fais jamais attention, j'espère que je ne vous ai pas taché au moins, non ça a l'air d'aller, on s'est déjà vu, si, si, une soirée chez Paul C., au mois de juillet, il y avait beaucoup de monde, il faisait sombre, oui, c'est vrai.

Ethan Castor ne s'en souvient pas.

Il m'aide à rassembler les morceaux de verre, nous sommes accroupis tous les deux, les odeurs d'alcool se mêlent tandis qu'en vain je cherche la sienne, je regarde sa bouche. Je m'excuse une dernière fois, avise une poubelle ouverte, y lance le sac de verre brisé (à une distance de quatre mètres, la performance semble l'impressionner, je relativise : j'ai fait dix ans de basket et je suis la cousine de Super Jaimie). Je m'apprête à repartir en direction du Monoprix, il m'interpelle :

– Vous avez un numéro de téléphone ?

(Je comprends : vous avez *mon* numéro de téléphone ? Quand je suis troublée mon oreille bionique se détraque, je n'entends plus rien.)

– Ah non.

– Alors je vous laisse le mien.

Je prends le papier qu'il me donne, le glisse dans la poche de mon jean, lui tends une main poisseuse qu'il serre en riant.

Quand j'arrive chez Martin je reste dans l'embrasure de la porte, j'observe les corps et comme ils se ressemblent, à cette distance, s'offrent au regard, sous la lumière rouge, comme ils se cherchent, ondulent, et tiennent encore debout.

Sur la table basse, au milieu des papiers froissés, j'aperçois le dernier roman d'Ethan Castor.

Martin s'approche, me serre dans ses bras, c'est quelque chose qui m'émeut toujours, cet élan de lui vers moi, cette faille qui nous lie, nous venons de la même terre, aride, sèche. Il y a longtemps, quand je suis sortie de l'hôpital, Martin est venu me chercher, il m'a dit cette phrase à laquelle je pense souvent, qui me définit mieux qu'aucune autre : Emma, nous sommes des enfants du silence, c'est la faim qui nous dévore, et le rêve aussi.

Martin chante dans un groupe, voudrait enregistrer un disque, se produit dans les cafés. Il a écrit une chanson qui s'appelle « Mark Stevenson », c'est celle qui marche le mieux, les gens se lèvent pour danser, tapent dans leurs mains, c'est la plus drôle de son répertoire. Martin est mon frère et je ne connais pas de lien plus sincère, plus généreux.

La soirée s'étire, j'aime cette fatigue quand elle s'empare des corps, rendus à leur fragilité, les bouteilles vides et les visages blêmes sous la lumière crue du néon des cuisines, j'aime ces conversations désordonnées, au-dessus des sacs-poubelle, l'odeur âcre des cendriers, le traces noires sous les yeux, pour toutes ces larmes qu'on ne saura jamais verser. Ce sont toujours les mêmes qui restent, ceux qui ne savent pas partir, je suis toujours la dernière parmi les derniers, chez Martin ou ailleurs.

J'attrape le livre d'Ethan Castor, qui est resté sur la table basse, Martin me dit prends-le si tu veux. J'ai reposé le livre et je suis partie.

Un soir de novembre je suis avec Martin au Bar des Lucioles, c'est comme ça que je préfère le voir, à l'extérieur, au milieu des gens, du bruit, nous sommes dans notre bulle, hermétique, nous parlons de choses et d'autres, il a quitté Élise, ça me rend triste parce que j'aimais cette fille, son

arrogance, sa fragilité, sa voix si particulière. Élise
est la plus jolie fille que je connaisse. Ils se retrou-
veront peut-être, plus tard, ils se sont rencontrés à
quinze ans, en pension, ont grandi ensemble, avec
cette soif d'absolu qui les habite tous les deux, ce
refus du compromis. Devant un Coca, Martin
parle de l'attachement. C'est si difficile de quitter
quelqu'un qu'on a aimé. D'ailleurs, il vient de finir
ce livre d'Ethan Castor que Simon lui avait offert,
le soir de son anniversaire, il l'a dans son sac, je
n'ai qu'à le prendre, c'est bien, oui, très bien. Très
drôle et très noir.

Moi j'ignore s'il est difficile de quitter quelqu'un qu'on aime, je sais combien il est difficile de
perdre quelqu'un.

J'ai lu tard dans la nuit. J'ai beaucoup ri, et puis
plus du tout. Je pense au commentaire de Paul,
quelques semaines plus tôt, à propos du dernier
livre d'Ethan Castor : tout ce qu'il écrit est vrai.
Prenez un homme qui écrit sa vie et sa vie est
triste à mourir.
Prenez une femme qui croit aux affinités élec-
tives, au sens des mots, et que rien n'est laissé au
hasard.
Prenez un homme vieilli avant l'heure et une
femme qui ne sait pas grandir.
Prenez un homme et une femme et mélangez.

Le premier soir, je suis assise en face de toi, je porte un tee-shirt noir et un jean, une petite boîte en forme de cœur autour du cou, attachée par un lacet de cuir, dans laquelle on peut glisser un vœu. Tu voudrais savoir ce qu'il y a dedans. Tu ouvres la boîte en argent, je te laisse faire ; elle est vide.

Le lendemain, je descends dès l'ouverture à la librairie pour acheter d'autres romans d'Ethan Castor. Je commence par le premier. Au dos du livre, dans le format de poche, il y a une photo de lui, plus jeune, moins sombre. Il est pris de haut, regarde l'objectif, ne sourit pas. Je lis tout le temps, dès que je sors de mon travail, dans le métro, aux caisses quand je fais la queue, dans le TGV, dans les bars quand j'attends. Je ris fort, où que je sois, cela me surprend moi-même, de m'entendre rire comme ça. Plus tard au téléphone, je tente d'expliquer à Isabelle pourquoi j'aime tant les livres d'Ethan Castor, les gens qu'il écrit, leur folie, leur appétit, leur tristesse, et l'usage extensif qu'il fait du point-virgule, comme d'une ponctuation intime qui n'appartiendrait qu'à lui que je m'attache à décrypter.

Au fond d'un tiroir j'ai retrouvé le papier sur lequel Ethan Castor avait inscrit son numéro de téléphone, quelques semaines plus tôt, il me sert maintenant de marque-page. Dans la fente des livres je le glisse, quelques chiffres griffonnés à la va-vite, les dés sont jetés mais l'avenir est entre mes mains, puisque j'ai encore le choix. C'est ce que je crois.

Un soir j'appelle Ethan Castor. J'y pense depuis plusieurs jours (avec la certitude qu'il faut aller au bout de ce qui nous a été donné), j'attends le moment où cela s'impose, où il ne reste plus rien à lire, ni à faire, où rien d'autre ne semble envisageable, rien qui vaille la peine.

Il décroche à la première sonnerie.

— Bonjour, c'est Emma Pile, je vous ai malencontreusement percuté en septembre, rue Basfroi, vous m'avez aidée à ramasser…

— Emma Peel ? Comme l'héroïne de *Chapeau Melon et bottes de cuir* ?

— Oui, en version française. Ça s'écrit P-I-L-E, comme une pile.

— C'est incroyable de s'appeler Emma Pile, vous en avez de la chance. Et les bottes, vous les avez aussi ?

— Oui, mais seulement pour la pêche à la grenouille.

— La pêche à la grenouille ? Ah mon Dieu, Emma, j'adore ça. J'ai gagné les championnats de pêche à la grenouille, à Oslo, en quatre-vingt-dix-neuf, vous vous en souvenez peut-être, contre Mike Tyson et Liz Taylor, battus à plate couture, cent douze grenouilles en dix minutes, un record mondial, encore inégalé, un spectacle d'une rare beauté qui a frappé de stupeur tous ceux qui ont eu la chance d'y assister.

– Oui en effet, ça me dit quelque chose. Vous continuez la compétition ?

– Malheureusement non. Il faut savoir s'arrêter, Emma, quand on est au sommet. Mais on pourrait quand même boire un verre, par exemple, un de ces jours ?

J'aime les mots des hommes. Ce qu'il me restera d'Ethan, c'est ce « par exemple » qu'il emploie souvent, comme une proposition unique, sans alternative, relevant davantage de l'impératif que de l'illustration.

Ethan Castor dit *par exemple* lorsqu'il n'y a plus le choix.

J'imaginais qu'il me faudrait prendre une voix de gorge, faire preuve d'un esprit pétillant, d'un humour caustique, déployer des trésors d'ingénuité et de séduction, tout ça dans les dix premières phrases, dans un temps chronométré. Mais la conversation n'a pas duré deux minutes, Ethan Castor m'a donné rendez-vous au bar du Lutétia, dix jours plus tard, le douze novembre, à dix-neuf heures.

Il a dit : la grande salle avec le piano.

Dans ce temps qu'il me reste avant de le rencontrer, je marche dans le froid, regarde les vitrines, je téléphone à Martin, qui s'inquiète, parfois je réfléchis à ce que je vais mettre, le douze novembre, mais à chaque fois cette question m'apparaît dans son immense vacuité : Ethan Castor a déshabillé et baisé des tas de femmes dans sa vie.

Le premier soir dans un palace près de Pigalle, je suis allongée sur toi, je tiens ton visage entre mes mains. Mes lèvres sur les tiennes, à voix basse je te supplie : s'il te plaît ramène-moi.

Il est dix-neuf-heures-le-douze-novembre, j'ai mis des talons car je sais qu'il aime les femmes grandes, j'aimerais être plus grande que lui, cela me rassurerait (c'est presque réussi, je m'en rendrai compte lorsque nous marcherons côte à côte dans la rue). Je ne suis jamais venue dans cet endroit, je m'assieds à une table, un peu en retrait, pas très loin de l'entrée. Devant moi quelques Anglais s'esclaffent, derrière eux une jeune fille regarde sa montre toutes les trente secondes en fumant des cigarettes. Ethan Castor est en retard, juste assez pour que je puisse me demander s'il a oublié notre rendez-vous. Je bois un verre de vin blanc, je suis morte de peur, je sens mon cœur battre dans mon ventre, et sous la plante de mes pieds. Il entre dans le salon, jette un œil rapide, fait mine de se diriger vers une autre table, m'aperçoit, me rejoint.

Il est désolé, il déteste faire attendre, il a horr-eur de ça, il y avait des embouteillages, il a eu du mal à se garer.

Dehors il fait froid, il a le nez rouge.

Voilà, nous y sommes. Ethan Castor m'observe, m'ausculte, me pèse, la conversation est secondaire nous sommes en phase d'évaluation. Il enchaîne les questions, ça lui évite de parler, il peut faire l'inventaire et ne s'en cache pas. Dans ses yeux je retrouve cette colère éteinte, quelque chose qui ressemble à de la cendre.

Prenez un homme sûr de lui, habile. Il affiche une distance un rien fatiguée.
Prenez une femme très intimidée, capable pourtant de soutenir son regard.
Prenez un homme et une femme et mélangez.

Ethan Castor boit vite, comme dans ses livres.

L'alcool me rend bavarde, alors je parle en vrac et sans discernement (à jeun c'est pareil, je n'ai jamais su trouver le bon registre) : je travaille dans un journal pour lequel je rédige des articles sur la broderie, la cuisine du terroir ou la dentelle de Calais, j'habite un vieil appartement près du Père-Lachaise, ma voisine trouve que je marche trop vite, ça fait trembler sa vaisselle, mes parents sont tristes et vivent à Quimper, ma grand-mère faisait du ski nautique à l'âge de soixante-quinze ans, le grand écart à quatre-vingts, maintenant elle en a quatre-vingt-six et boit parfois de l'essence, par mégarde.
Je me bourre de chips tandis que je termine mon troisième verre, je l'amuse, ça se voit.

Je croyais qu'il m'avait trouvée jolie et spiri-
tuelle, que c'était pour ça qu'il m'avait donné
rendez-vous (ma naïveté m'effare souvent : rétros-
pectivement).

À vrai dire non, pas spécialement, enfin maintenant oui, mais pas quand il m'a vue pour la première fois, en septembre, j'étais coiffée comme un
O'Cédar et je portais un manteau affreux, en peau
de hérisson, il s'en souvient, j'avais l'air complètement désemparée, je me suis excusée cinquante
fois, d'ailleurs il n'aime pas les femmes qui s'excusent, et à ce point, il n'avait jamais vu ça. Il m'a
donné rendez-vous parce qu'il pensait qu'il pourrait me baiser, beaucoup de filles lui écrivent ou
l'appellent parce qu'elles ont adoré ses livres, il les
trie, sans trop y regarder, parfois il procède en
aveugle, ne les rencontre qu'une fois, deux
maximum, c'est un principe auquel il ne déroge
jamais. La veille il a rejoint une fille qu'il n'avait
jamais vue, elle lui avait envoyé une photo d'elle en
culotte, avec l'adresse de l'hôtel et le numéro de la
chambre, quand il est entré elle était stupéfaite,
elle était très jeune et très jolie, il l'a baisée directement sans parler ni boire et puis il est parti.

Il dit qu'il baise des filles quand sa femme s'en
va, c'est triste mais c'est comme ça qu'il respire, il
n'en est pas fier, enfin si, un peu quand même, oui,
il l'aime, il l'aime follement, il la hait aussi, parfois
il a le sentiment qu'il se perd, mais en fait non, pas
à l'intérieur, il tremble à l'intérieur, et puis il a

deux petites filles magnifiques et drôles, il écrit des livres, gagne pas mal d'argent en travaillant peu, l'important c'est de se sentir vivant, n'est-ce pas, il me dit des choses très intimes, il ne sait pas pourquoi, c'est rare, il commande un autre whisky.

Oui, je veux bien un autre verre de vin.

Il n'est plus question de séduction entre nous. Il est question de savoir si on parle ou si on baise, je suppose. Le jeu s'est désamorcé tout seul. À y réfléchir, je ne veux pas *baiser* avec Ethan Castor. De son côté il ne manifeste aucun trouble, je ne dois pas avoir l'air d'une fille qu'on allonge comme ça, du premier coup, ce n'est pas si grave, ce soir il est fatigué, et puis demain il a rendez-vous avec une Bulgare de vingt-deux ans qu'un ami lui a conseillée, le jour d'après c'est une autre encore qui lui a écrit des lettres incandescentes, sa femme travaille beaucoup, elle est partie une semaine pour un colloque à Hong-Kong, ses filles sont chez leur Mamie.

Il n'est pas loin de dix heures, on commence à avoir faim, on ne va quand même pas se quitter comme ça, l'estomac dans les talons.

Le deuxième soir, nous sommes au fond d'un café près de Bastille, tu dis que tu es encore saoul de la veille. Ta main est loin sous ma jupe, tes doigts à l'intérieur de moi. Ton autre main sur ma joue : « Je t'aime, Emma. »

Il n'y a plus de chips, ni de cacahuètes, il dit on pourrait se tutoyer. Est-ce qu'il peut m'emprunter mon portable, il voudrait appeler un ami qui devait nous rejoindre, je dois le connaître, c'est un écrivain *très* connu, *très* médiatique, *très* beau, *très* tout, je vais tomber amoureuse de lui, c'est sûr. Il veut absolument le voir ce soir, car Raphaël part le lendemain pour plusieurs mois. Je connais Raphaël Méduse, son visage, les titres de ses livres, je n'en ai lu aucun.

Raphaël est avec une amie dans un restaurant du vingtième, il nous rejoindra plus tard.

Lorsque je me lève, il s'avère que j'ai beaucoup bu : je pourrais m'allonger par terre et rester là.
Dans le miroir des toilettes j'observe mon visage, mes yeux brillants, mes pommettes roses.

Dans la voiture d'Ethan Castor, je feuillette un journal posé sur la banquette, c'est le numéro de cette semaine, il y a une double page sur lui avec deux photos.

Rue de Buci nous nous garons devant un restaurant qui ferme, sur le pas de la porte le patron s'excuse en agitant les bras : ils ont un grave problème de cuisine. Tandis que nous marchons à la recherche d'un autre endroit, je m'interroge à voix haute sur ce que peut signifier *un grave problème de cuisine* : la porte s'est refermée derrière nous, laissant ces pauvres gens à leur désarroi, et nous sommes déjà loin, impuissants à les secourir, inconscients du malheur qui les accable, les murs sont maculés d'huile d'olive, le sol jonché de glace vanille, à plat ventre la patronne tente de récupérer la sauce tomate à la petite cuiller, dans le front du chef est plantée une fourchette en argent qu'on ne parvient pas à extraire.

Il y a longtemps je connaissais un restaurant, rue de l'Université, on peut essayer. D'un pas décidé, je m'engage dans une mauvaise direction, tandis qu'Ethan proteste mollement, mais si, je suis sûre que c'est par là, il faut juste marcher un peu, il a très envie de pisser, évalue à cinq minutes maximum le temps qu'il peut tenir. Nous avançons encore trois ou quatre cents mètres, je dois admettre mon erreur, la rue de l'Université est derrière nous, il avait raison, je m'excuse platement, je suis vraiment désolée, j'étais persuadée que, il trépigne.

D'accord, je m'en remets à lui (c'est une expression, hein) : je n'interviens plus sur les sujets d'orientation ou de restauration, d'ailleurs tiens voilà je me tais, c'est promis.

Nous marchons d'un bon pas, l'ivresse se dissipe, subsiste un sentiment de joie.

Sur le boulevard Saint-Germain, tandis que nous effectuons le chemin en sens inverse, j'explique à Ethan Castor que je suis allergique au vin rouge. Si, ça existe. Je suis prise de crises d'éternuements intempestifs, un verre suffit, ça se déclare assez vite, au bout de quelques minutes, ça dépend des vins, au nord de la Loire, ça peut aller, mais au sud ça se complique et ça peut durer plusieurs heures.

Ethan Castor est incrédule.

Pourtant si, c'est vrai, j'éternue à tout rompre, de manière irrépressible, je remplis des dizaines de Kleenex et pleure toutes les larmes de mon corps, il existe des médicaments contre ça, mais j'aime aussi le vin blanc. L'hiver ma grand-mère porte deux ou trois soutiens-gorge, trois ou quatre culottes de hauteurs diverses, une gaine, un panty, un collant en maille et un collant de laine remontés jusqu'à la glotte. Je te jure que c'est vrai. J'ai aimé jusqu'à la folie un personnage de feuilleton débile, un soap qui s'étirait sur cent trente épisodes, il s'appelait Marc, il était chez moi, dans mon salon, tous les jours, je croyais qu'il finirait par poser ses mains sur moi. Un soir de mars, devant une pièce de Tchekhov, ma main a rencontré celle de l'homme qui était assis à côté de moi, nos doigts se sont caressés dans le noir, pendant près de trois heures, à la fin de la représentation il est parti, avant que les lumières se rallument. À la station

Châtelet j'emprunte les deux tapis roulants pour aller à mon travail, j'adore ça, cette sensation fugace, lorsqu'on presse le pas, cette sensation qu'on a, de décoller du sol. Pendant les vacances scolaires par exemple, ou en milieu de journée, quand il y a peu de monde, je marche à toute vitesse, en fermant les yeux, il ne faut pas se tenir à la rampe, ni courir, on peut écarter légèrement les bras pour maintenir l'équilibre. Je vole. D'ici un an ou deux, il paraît que la RATP inaugurera un nouveau Tapis Roulant Grande Vitesse, à Montparnasse, neuf ou dix kilomètres à l'heure, j'ai hâte d'essayer ça, quelle sensation, Ethan, tu imagines ? Dans un bar où je travaillais, il y a quelques années, un homme venait tous les soirs, s'asseyait à la même table, face au comptoir, me regardait. Un été, à l'adresse du café, j'ai reçu quatre cartes postales de quatre endroits différents. Cet homme (car je suis sûre que c'était lui), dont la signature était illisible, me racontait ses vacances – parasols, palmes et salade niçoise – et mettait en scène une galerie de personnages aux prénoms ridicules, dont il observait les faits et gestes et relatait les conversations. Les cartes étaient drôles, étranges, saugrenues. Je suis sûre que ces gens n'existaient pas, qu'il les avait inventés. En septembre, l'homme est revenu au café, s'est assis au même endroit. Quand il est parti il a laissé sur la table une carte postale de la tour Eiffel au dos de laquelle il avait écrit : merci. Je ne l'ai jamais revu. Mon frère s'appelle Martin, il a écrit une thèse en biologie marine sur les cétacés, joue de la musique avec des amis, s'inquiète quand je rencontre des gens célèbres et boit deux litres de Coca Cola par jour. J'aime bien les bars et les soirées, les endroits où il y a du monde, j'aime regarder les gens, les écouter, parfois il me semble que la vie m'échappe, se soustrait, je ne parle pas du temps qui passe, Ethan, je parle de cette sensation étrange et douce, d'être en dehors.

Ah oui, c'est vrai, j'avais dit que je me taisais.

Ethan Castor s'est arrêté, il me regarde comme si j'étais coiffée d'un bonnet de douche et vêtue d'une robe de chambre en poil de chameau.

Nous avons fini par trouver un restaurant italien rue du Dragon. À peine arrivé, Ethan est allé pisser, il ne dit pas « faire pipi », je suppose que c'est un truc de filles, ni « aller aux toilettes », cela ne lui ressemble pas.

J'ai pris avec moi le journal que je n'ai pas pu lire dans la voiture (ça me donne mal au cœur). Quand il revient, je m'amuse à lui en faire la lecture à haute voix, moqueuse, Ethan Castor, sa vie son œuvre, quelques passages choisis au hasard qui intéressent beaucoup nos voisins.

Nous nous apprêtons à dîner en tête à tête et je n'ai pas peur. Je ne peux pas séduire un homme comme lui. Cela me rassure et me rend légère.

Quand j'étais petite, je suis partie de chez moi, un matin d'été, j'avais sept ou huit ans, dans un sac en plastique j'avais emporté ma brosse à dents, mes feutres de couleur, une casquette Hippopotamus qui me semblait du plus grand chic, quelques élastiques et un cahier à petits carreaux. On m'a retrouvée vingt heures plus tard, endormie au pied d'un arbre. J'avais essayé de faire un feu comme dans un feuilleton qui racontait les joies et les déboires d'une famille de naufragés que je regardais chez ma grand-mère. Enfant, je rêvais sans cesse d'être une autre, plus jolie, ou moins timide, ou qui plaisait beaucoup aux garçons. Je me souviens d'une fille qui était dans mon école, elle avait dansé au spectacle de fin d'année sur une chanson de Claude François, elle portait une jupe rouge à paillettes, elle était blonde et diaphane, j'aurais tellement voulu être elle, je me souviens encore de son visage et de son nom.

Je parle parce que Ethan se tait. Parce que son silence me fait peur. Et comme on ne parle pas la bouche pleine, je n'ai pas encore entamé mes asperges *al forno*, monticule jaune et blanc posé au milieu de mon assiette, recouvert de gruyère fondu, ça s'effiloche quand je caresse avec ma fourchette, ça s'étire, ça s'emmêle, alors je raconte n'importe quoi.

Prenez un homme qui a terminé son assiette. Prenez un homme qui déclare soudainement à une femme (laquelle n'a avalé que quelques chips et bu beaucoup de vin) qu'il est ému, intimidé. Ça ne lui est pas arrivé depuis longtemps, il a horreur de ça. Il est en train de tomber follement amoureux d'elle, non, il ne plaisante pas.
Prenez un homme qui a perdu son arrogance.
Observez la femme et mesurez l'impact.

Il dit que ça va passer. Au Lutétia, il se sentait très bien, il contrôlait la situation. Mais là, plus du tout. C'est à cause de ce restaurant introuvable, mes enjambées immenses, mon assurance dans la méprise, et cette invraisemblable allergie au vin rouge. Et puis ce Tapis Roulant à Grande Vitesse, où ai-je entendu un truc pareil ?

J'en ai profité pour engloutir trois ou quatre fourchettes d'un coup, c'est vrai qu'il n'a pas l'air bien. Je suis désolée, ah non pas désolée, pardon, ah non pas pardon, j'oubliais que tu n'aimes pas les femmes qui s'excusent, je ne m'excuse de rien du tout d'ailleurs, mais si tu préfères on peut s'en aller, rentrer chacun chez soi.

Raphaël Méduse rappelle à point nommé sur mon portable, demande poliment à lui parler.

J'observe Ethan quand il est au téléphone, ses lèvres plus que tout, ses lèvres comme elles se collent sur ses dents, et dans son sourire une timidité enfantine que je ne sais pas décrire.

Le premier soir, dans ta voiture, alors que nous allons rejoindre Raphaël et Juliette dans un restaurant du 20ᵉ, la radio diffuse une vieille chanson de Nicoletta. Je chante avec elle : « il est mort, il est mort le soleil, hier on dormait sur le sable chaud, hier pour nous il faisait beau, il faisait beau même en hiver, c'était hier ». Tu te tournes vers moi, amusé : « Tu connais tes classiques. »

Nous avons rendez-vous au café de Flore avec Raphaël Méduse, à minuit et demi.

Ethan Castor ne sourit plus, il m'observe et je me tais.
Je me croyais à l'abri, hors champ.
Mais je suis dans l'œil du cyclone et j'aimerais qu'il m'embrasse, maintenant.

Il m'embrasse, maintenant.

Des images qu'il me reste d'Ethan, limpides, c'est sans doute la plus précise. Son visage qui s'approche du mien, ce mouvement brusque, ses yeux désarmés.

Le serveur a posé devant nous d'énormes assiettes de pâtes, je n'ai plus faim du tout, je ferais mieux de rentrer chez moi.

Je m'appelle Emma Pile, j'ai aimé jusqu'à la folie un homme qui n'existait pas et je suis en train de tomber amoureuse d'un homme bien vivant, quoi qu'il en dise, capable de boire à jeun sept whiskys d'affilée sans tomber à la renverse et de se retenir de pisser pendant trente minutes en cavalant dans le froid à grande vitesse. Il est assis en face de moi, caresse mon visage, il a baisé des dizaines de femmes et ne m'appartiendra jamais.

Un homme entre dans le restaurant pour vendre des fleurs, habillé de soie bleue, il s'approche des tables, d'un geste Ethan refuse, mais l'homme s'approche encore, devant moi dépose une rose rouge. Il s'adresse à Ethan, à voix basse il chuchote : j'offre la fleur si vous permettez.

J'ai bu quatre ou cinq verres de vin rouge et je n'éternue pas. Mon corps est occupé ailleurs.

Quand je termine mon café je verse un peu d'eau dans la tasse, pour dissoudre le sucre, j'adore ce goût, cette douceur. Je fais ce geste sans y penser, comme si j'étais seule, Ethan ironise : « C'est élégant. »

Dans la rue il m'embrasse, me touche, caresse mes cheveux. Il dit : qu'est-ce qu'on va faire Emma ? Je suis amoureux de toi.

Il dit : ça n'a pas l'air de t'inquiéter.

Je ris et il me trouve désinvolte.

Je suis un hérisson qui traverse la Nationale, au milieu de la nuit, inconscient du danger.

À dix ans je suis tombée la tête la première dans une piscine vide. En classe de neige l'année suivante, je suis restée dix minutes accrochée à un téléski, à trois ou quatre mètres du sol, parce que j'avais oublié, le temps du trajet, qu'il fallait lâcher la perche. À quinze ans, au lycée, j'ai sauté du premier étage pour voir si, à l'instar des chats, nous retombions sur nos pieds.

J'ai compris ce jour-là qu'on pouvait atterrir sur le dos, dans un bruit mat.

Mon inconscience n'a d'égale que ma distraction. J'ai beaucoup bu et je suis heureuse. Je me fous de savoir combien de mètres me séparent de la terre ferme.

J'aime dire ton prénom, Ethan, sa douceur, sa promesse.

« Je me présente, je m'appelle Henri, j'voudrais bien réussir ma vie, être aimé-é. » À Pigalle, le premier soir, au fond d'un bar, j'observe l'homme qui chante. Raphaël me raconte comment il t'a ren-

contré, à quel point il t'aime, il dit que tu es
l'homme le plus gentil du monde, le plus incroyable-
ment gentil. C'est la première fois qu'il te voit avec
une autre femme. Tu ne me quittes pas du regard,
tes genoux sont coincés entre les miens.

Quand nous sommes entrés au Flore, le serveur
lui a serré la main, a demandé quelques nouvelles
de son prochain livre qu'il n'a pas encore
commencé.

Non il n'a pas peur de compromettre sa réputation. Ces gens sont discrets, ils en voient tous les
jours, ils se taisent et n'en pensent pas moins.

Ethan commande à boire, caresse mes lèvres,
nous avons rendez-vous avec Raphaël Méduse qui
sait se faire désirer.

Dans l'attente, assise en face de lui, dans cet
endroit qu'il connaît bien – sur son territoire – je
perds de l'altitude. Dans l'attente le doute s'ins-
talle, s'élabore. Comme je suis naïve. Une parmi
les autres, à peine plus farouche. La veille il a baisé
une fille qui prétendait être le meilleur coup de
Paris, demain il se tapera une Polonaise ou une
Irlandaise, je ne sais plus, ce soir il s'offrirait bien
un peu d'innocence, il m'a repérée de loin, mon
teint mat, ma bouche épaisse, sous mon jean on
devine aisément un cul avantageux, ma peau est
douce il l'a dit, ça l'attendrit sans doute, tant de

candeur sous la paume, encore quelques verres et l'affaire glissera dans le sac, peut-être même, avec un peu de chance, qu'on fera ça à trois ou quatre, Raphaël Méduse n'est pas le dernier quand il s'agit de cul, on l'aura compris. Ce soir la lune est pleine, sa femme est à l'autre bout de la terre, ce soir c'est quartier libre, on va lui en foutre plein la gorge et plein la chatte, c'est comme ça que tu parles, Ethan, non ?

Il m'observe, glisse ses mains sous mon tee-shirt, j'ignore ce qui me rend soudain si vulnérable.

Je voudrais être ailleurs, avec lui, ses mains sur mes seins, que nos corps se rencontrent et qu'on n'en parle plus. Ou bien m'extraire enfin de cette torpeur, me lever, embrasser ses yeux et attraper un taxi.

Soudain je pense à Marc, et comme il me regardait sans me voir, je prends le visage d'Ethan entre mes mains, sous mes doigts je sens battre ses tempes, ma voix est grave et je murmure : si tu joues à te faire peur, arrête tout de suite. Maintenant. Arrête pendant qu'il en est encore temps. Tu n'as pas besoin de me faire croire que tu es amoureux de moi pour me baiser.

Je répète, plusieurs fois : tu ne peux pas jouer à ça, Ethan, pas avec moi.

Raphaël Méduse appelle une troisième fois sur mon portable, il est toujours dans le vingtième, propose que nous venions plutôt le rejoindre.

Au moment où nous remontons dans la voiture d'Ethan, je me rends compte que j'ai oublié son journal au restaurant, sur la banquette. Je m'excuse.
Oui, merde, j'ai bien le droit de m'excuser.

Dans la voiture, il s'inquiète de savoir si je perds mes cheveux. Justement, Ethan, j'allais t'en parler, c'est une horreur, par poignées entières, tiens en voilà une, énorme, à mes pieds, zut, elle m'a échappé des mains, elle s'est envolée derrière, sur le siège auto de ta petite fille, non, je suis désolée, je n'arrive pas à l'attraper, j'ai oublié aussi de te dire ce parfum qu'un homme m'a offert, tenace, capiteux, j'en mets des tonnes, vaporisées sur tout le corps, j'adore ça, et si tu savais comme j'ai chaud, je transpire des perles comme des cailloux, il faudra sans doute que tu achètes une bombe désodorisante, quelque chose de fort, tiens d'ailleurs ça me donne envie de vomir, tout à coup, tu veux pas t'arrêter ?

Je plaisantais. Excuse-moi, oui, excuse-moi, c'est de très mauvais goût. Tu ne vas quand même pas te mettre en colère. C'est vrai, tu as raison, je ne sais pas. Je ne sais pas ce que tu vis. Excuse-moi, j'ai peur, c'est tout. Non, pas peur en voiture, peur tout court. Je ne perds pas mes cheveux, je n'ai rien à perdre d'ailleurs, pourquoi s'affoler, remets le moteur en route, je fais le copilote, si, si, cette fois je sais où c'est, je connais le vingtième comme ma poche, tu prends à gauche et tu continues tout droit.

Ethan je t'ai dit que j'avais aimé follement un homme qui n'existait pas, je l'ai aimé dans la violence et dans l'intempérance, je l'ai aimé sans conditions. Maintenant je souris quand je pense à lui mais aujourd'hui je ne suis pas sûre de savoir davantage distinguer le vrai du faux, l'innocence et le mensonge. Il faut que tu comprennes ça Ethan, j'observe les hommes quand ils s'allongent sur moi et je ne sais lire ni leur trouble ni leur indifférence.

Nous traversons Paris, les rues sont vides, c'est un soir d'hiver à ne pas mettre les fesses dehors. Il monte le son de la radio et pour la dixième fois il répète qu'est-ce qu'on va faire Emma, lorsque nous entendons un bruit étrange à l'arrière, il roule vite, la voiture se déporte sur la gauche, il s'arrête de nouveau.

Par la vitre il énonce le diagnostic : pneu crevé.

D'un bond, je descends et j'entreprends de démonter la roue. Ethan me regarde, étonné. Il peut le faire.

Non, si cela ne t'ennuie pas, je préférerais œuvrer moi-même plutôt que rester à me cailler dans la voiture, j'adore changer les roues des

carrosses, ça m'amuse, regarde-moi et prends-en
de la graine.

Il me regarde en effet. J'ai ôté mon manteau et
je tourne vigoureusement la manivelle du cric,
passe-moi la roue de secours, je ne t'avais pas dit
que j'étais la nièce de l'Incroyable Hulk ? Eh bien
voilà, maintenant tu le sais, mais ça c'est moins
officiel, alors je préférerais que tu n'en parles pas
dans tes livres ni ailleurs, s'il te plaît. Oui, on dirait
que j'ai fait ça toute ma vie, c'est comme le lancer
de sac plastique dans une poubelle à dix mètres
cinquante, je m'entraîne tous les jours, il faut bien
s'occuper.

Nous voilà de nouveau dans la voiture, il doit
faire moins dix car les dents d'Ethan Castor
s'entrechoquent à grand bruit. N'aie pas peur,
Ethan, on va aller boire un verre ou deux avec ton
ami Raphaël, je glisserai ma main sous tes vêtements, tu pourras me caresser un peu, si tu en as
toujours envie, on mélangera nos salives pour étu-
dier de plus près cette réaction chimique qu'on
pourrait croire unique, et puis tu rentreras chez toi
et tu m'oublieras. Tu as trop bu, tu es fatigué, tu
vois comme il est facile de se perdre, tu as besoin
de ça, sans doute, il est si doux de croire, le temps
d'une soirée, que la vie est ailleurs, mais au fond tu
sais bien que non, au fond tu es fort.

Il me demande si je joue. C'est lui qui me
demande si je joue.

Non je ne joue pas, Ethan, je suis dans l'instant, dans l'inconscience de l'instant. Incapable de me projeter quelques heures plus tard, incapable d'imaginer l'épaisseur du vide ni l'intensité du manque. Je n'ai jamais su me protéger, ça doit être une case qui me manque, dans l'hémisphère Nord du cerveau, ou un problème de connexion, il faut que je m'en occupe. En attendant, j'avance à découvert et je sais sourire en toutes circonstances.

Le deuxième soir, dans un café près de Bastille, tu voudrais que je te dise que je t'aime, ou que je suis amoureuse de toi. Tu as besoin d'entendre ça.

Nous retrouvons Raphaël et Juliette dans un petit restaurant de quartier, il est tard, on ne veut pas nous servir à boire, on ferme. J'assiste aux retrouvailles d'Ethan et de son ami, dans cette effusion ces deux-là s'accolent comme des frères, complices et affectueux. Oui, je veux bien venir avec vous prendre un verre quelque part, où vous voulez. Raphaël est drôle, pétillant, un diablotin sorti de sa boîte, il connaît le Tout-Paris by night, passe quelques coups de fil pour savoir si c'est ouvert, ici ou là, nous n'avons que l'embarras du choix.

Bon, il faut mettre les sièges bébé dans le coffre, tu ne perds pas tes cheveux au moins Juliette, parce que Ethan pourrait avoir quelques ennuis, tu veux que j'avance mon siège ? Les pneus crissent quand on démarre, je fredonne la chanson de

Starsky et Hutch, Ethan trouve que je regarde trop la télévision.

En chemin, il déclare à Raphaël qu'il est en train de tomber amoureux. Raphaël le connaît, sa vie éteinte, lui au moins il peut mesurer le gouffre qui s'est ouvert sous ses pieds.

Je ne regarde plus la télévision, Ethan, c'est dommage, ça m'éviterait peut-être de lire des livres et de traîner avec n'importe qui, les nuits d'hiver.

Nous sommes assis tous les quatre au fond d'un bar place Pigalle, j'aime aussitôt cet endroit, les visages, les murs jaunes, et cette lumière rouge qui nous rend si blêmes. Dans mon dos, un homme chante de vieilles chansons de variété française.

L'alcool me berce et me suspend, m'étincelle, il me semble que je peux boire encore sans perdre pied.

Ethan je t'aime, mais ça je ne peux pas te le dire, c'est absurde d'aimer quelqu'un comme ça. Si vite.

Ethan voudrait savoir qui était le héros du feuilleton dont j'ai été folle. À l'époque où il arpentait les rues et baisait chaque soir une femme différente (jusqu'à ce qu'il rencontre la sienne), j'ai passé six mois de ma vie enfermée chez moi, à attendre Marc. C'est une drôle de coïncidence. Si j'avais été dehors cette année-là, nous serions-nous rencontrés ?

Ethan s'est levé pour acheter des cigarettes. Un type s'approche de moi, prend sa place, il me trouve belle, différente, voudrait m'offrir un verre ou bien danser. En face de moi Raphaël et Juliette s'embrassent. Quand Ethan revient, le type se lève, s'excuse, Ethan me serre contre lui : « On ne peut pas te laisser deux minutes. »

Ça doit être ce soir. Mon Soir : unique, magique. Je suis comme Alice dans ce film de Woody Allen où tous les hommes sont fous d'elle parce que la cuisinière a versé par mégarde dans l'egg-nog le philtre d'amour du docteur Yang. Soudain, ils s'approchent d'elle, s'agglutinent, se poussent du coude pour lui parler, je vous regarde depuis une demi-heure, je veux vous dire que vous êtes tout pour moi,

je sais que je serais perdu sans vous,

brusquement vous êtes mon univers,

vous êtes la plus renversante,

my name is Nat,

je ne regarde que vous, je vous aime, je veux vous épouser.

Voilà, c'est ce soir, je suis une femme fatale. Cela n'arrive qu'une fois dans une vie, profitez-en madame, et oui, cette nuit, ici même, sous le soleil exactement, ne laissez pas passer votre chance, demain vous vous réveillerez avec une gueule de bois à gerber vos tripes, seule dans votre canapé-lit, adieu laquais et souliers de verre, vous enfilerez votre vieille paire de baskets et, debout dans le métro, vous demanderez si vous n'avez pas rêvé.

Je goûte la sueur sur son front, passe mon doigt sur ses yeux, ses lèvres, ses mains me cherchent, m'étreignent, je regarde l'homme en costume rouge qui chante, sa main noueuse serrée sur le micro, ses cheveux rassemblés en banane, et autour de nous la torpeur de la nuit, je regarde Ethan, je sens la chaleur de ses paumes sur ma peau, il m'embrasse comme on vole quelque chose, je t'aime à la folie, Ethan, est-ce la joie qui rend si fort ?

Il aime le goût du rhum et de la menthe dans ma bouche. Il dit : Emma, tu es le diable.

Prenez un homme et une femme, secouez violemment.

Je suis étendue sur un couvre-lit au motif indéchiffrable, dans la chambre *Catherine Deneuve* d'un hôtel néo-baroque, place Pigalle, en face du café où j'ai perdu pied. Des flammes factices crépitent dans la cheminée. Ethan Castor est allongé à mes côtés, partiellement dévêtu.

J'ai fini mon verre. Je ne sais plus si j'en ai pris un autre. J'ai senti le souffle d'Ethan sur ma bouche et j'ai fermé les yeux. J'ai posé ma tête sur la table, entre mes bras, les voix se sont tues, alors j'ai cherché des mots pour dire le désir et la perte et l'offrande de soi mais les mots fondaient dans ma bouche et j'avais soif. Ethan a eu peur. Je lui ai dit de me foutre la paix. Il voulait qu'on s'allonge l'un à côté de l'autre, qu'on dorme ensemble, j'ai dit oui. Je me suis levée. J'ai marché jusqu'à l'hôtel, il n'a pas eu à me porter. Je me suis inquiétée de savoir où j'avais laissé mes chaussures, elles étaient à mes pieds, je voulais boire encore un dernier verre, *on ice please*, comme dans les feuilletons américains. Ethan m'a demandé à plusieurs reprises si je voulais me reposer. J'ai dit oui. J'ai dit d'accord. Dans un hôtel de luxe, pourquoi pas, le lit serait sans doute plus vaste et plus confortable que le mien.

Oui, Ethan, je m'en souviens, comme si c'était demain, je m'en souviens pour l'éternité.

Le lit est immense, la baignoire aussi, mais je dois me réveiller. Je dois rentrer chez moi. Ethan glisse ses doigts à l'intérieur et je me laisse faire. Ses mains m'effleurent, m'explorent, ses mains s'emparent de mon souffle et je le supplie : laisse-moi te refuser quelque chose.

Je suis allongée sur lui, j'aime sa peau claire, ses cils quand il ferme les yeux, ses dents. Je le supplie encore :

Ethan, si tu m'aimes, ramène-moi.

Oui nous pourrions faire l'amour, prendre un bain, attendre que le jour se lève, jouer à saute-mouton ou à pile ou face. Autour de nous la ville dort et nous sommes éveillés, le désir bat dans les veines de mes poignets, au bout de mes doigts.

Je ne sais pas quel sursaut, quelle peur, quel courage ou quelle lâcheté, je ne sais pas. Une dernière fois j'ai dit : ramène-moi.

Ethan s'est assis sur le lit, je me suis accroupie devant lui pour lui enfiler ses chaussures, j'ai fait ses lacets, je ne voulais pas voir ses yeux j'en serais morte.

Au petit matin nous traversons la place Pigalle pour retrouver sa voiture. Je vais sans doute regretter ça, le regretter toute ma vie. J'aime Ethan Castor et je rentre chez moi. Il ne voit jamais les femmes plus d'une fois.

Au premier matin, à quelques mètres de chez moi, tu me demandes mon numéro de téléphone. Tu attends que je sois entrée dans l'immeuble pour redémarrer. Devant la porte j'hésite, c'est si difficile de quitter quelqu'un qu'on aime, c'est si rare d'aimer comme ça : dans l'abandon de soi.

Je vais prendre une douche, m'allonger un peu, et puis j'irai travailler. Je l'oublierai.

Pourtant Ethan Castor existe, je l'ai rencontré. Je suis assise à côté de lui, dans sa voiture, et je lui indique le chemin pour rentrer chez moi.

Il dit : qu'est-ce qu'on va faire, Emma ?

On ne va rien faire, Ethan, rien du tout. On va attendre que ça passe.

Je suis un hérisson éventré sur le bas-côté de la Nationale.

Le troisième soir, dans un hôtel rue de la Sorbonne, nous sommes allongés côte à côte, tu caresses mon visage, embrasses mes yeux, tu me demandes si je crois que j'aurais pu vivre avec toi.
Je ne sais pas.
Toi oui, tu crois que oui.

Le troisième soir, dans cet hôtel rue de la Sorbonne, ton corps est lourd sur le mien, tu caresses mes lèvres : Emma je n'ai jamais baisé comme ça.
— C'est parce que tu ne t'en souviens plus.

Ethan Castor oublie quelque chose partout où il passe. Son briquet au restaurant italien, sa veste à l'hôtel, son livre au café, comme s'il devait laisser une trace.

Le lendemain du premier soir, Ethan m'a téléphoné. Il n'avait pas réussi à dormir, il avait pensé à mon cul toute la journée, pas seulement à mon cul, bien sûr, il avait envie qu'on se voie, qu'on se touche. J'avais attendu cet appel, je l'avais espéré au-delà de la raison, pourtant, au moment où j'ai reconnu la voix d'Ethan, il m'a semblé que cette voix n'existait pas, qu'elle s'était construite à partir du souvenir.

Mais Ethan m'a donné rendez-vous.

J'ai vu Ethan Castor trois soirs de suite. De sa part, je ne sais pas si je dois considérer cela comme une faiblesse, une exception, un record, ou comme la preuve qu'il s'agissait (aussi) d'autre chose.

Le troisième soir, j'ai retrouvé Ethan dans un hôtel dont il m'avait donné l'adresse par téléphone. Sa femme devait rentrer le lendemain. Dans l'après-midi j'ai appelé Ethan, je lui ai dit que j'avais peur. Il a dit : ah non. Plus tard il m'a rappelée pour s'assurer que je viendrais. En sortant de mon travail je suis passée dans une librairie, je voulais lui offrir un livre qui lui plairait, lui qui m'avait avoué n'en aimer aucun. À la réception j'ai demandé le numéro de sa chambre, je portais une jupe multicolore et des talons interminables, quand je suis sortie de l'ascenseur mon portable a sonné, j'avais trois minutes de retard, Ethan s'inquiétait. Ethan avait bu du whisky et mangé du Toblerone en m'attendant.

J'aime le goût de l'alcool dans la bouche des hommes. J'aime le goût du whisky dans la bouche d'Ethan. Avant de lui offrir le livre je lui ai raconté que j'avais voulu lui laisser un message, à la page trois, parce que c'était le troisième jour et le dernier. Mais dans ce livre comme dans tous les livres il n'y avait pas de page trois (pourquoi les livres commencent-ils si tard, Ethan, le sais-tu ?).

À la page cent trois j'avais entouré cinq lettres au hasard des lignes, cinq lettres qui formaient le mot *merci*.

Ethan m'a écoutée, il a ouvert le livre, il était ému.

Je ne saurai jamais s'il a déchiré la page ou jeté le livre, avant de rentrer chez lui.

Prenez un homme et une femme, touillez, pétrissez, couvrez, laissez reposer. Jetez l'excédent, jetez tout. Refermez le couvercle.

Ethan m'a dit qu'il m'aimait, quand il était ivre et quand il ne l'était plus.

Ethan m'a dit qu'il penserait à moi, chaque minute, que je serais sa douleur et son réconfort.

Ethan m'a dit qu'il aimait mon cul, mes *yeux bizarres*, ma bouche *à mourir*.

Ethan m'aime, je veux le croire.

Ethan, dans quelques semaines, m'aura oubliée. Il lui faudra un peu de temps, un peu plus qu'à l'accoutumée, pour se débarrasser de moi.

Le lendemain du troisième jour, un samedi, nous avons pris une douche ensemble et puis nous sommes sortis de cet hôtel où nous avions baisé toute la nuit. Ethan avait rendez-vous au café de Flore avec un ami. Nous étions allés au bout de quelque chose, j'imaginais qu'il serait plus facile de reprendre le cours de ma vie.

Nous nous sommes embrassés. J'ai marché quelques mètres avant de me retourner. Ethan me regardait. J'ai couru vers lui, j'ai vu son visage, la colère dans ses yeux, j'étais dans ses bras pour quelques secondes encore, les dernières. Ma langue dans sa bouche, l'odeur du savon dans son cou, Emma je t'aime, tu es le diable.

Est-ce la joie qui rend si fort ?

MILAN MIKAEV

Deux ans après le récit circonstancié de ma rencontre avec Ethan Castor, j'ai annoncé à Martin que j'étais sur le point de tomber amoureuse de quelqu'un. Dans cet ordre Martin m'a demandé :

Si *quelqu'un* était fictif,

Si *quelqu'un* était un acteur, un écrivain ou un chanteur,

Si *quelqu'un* était marié.

J'ai répondu trois fois non et laissé flotter pendant plusieurs secondes un silence victorieux.

J'ai attendu quelques jours avant de lui avouer que *quelqu'un* était présentateur de télévision. Et plusieurs encore avant de préciser que *quelqu'un* n'était autre que Milan Mikaev.

Oui. Mikaev, l'animateur de *Tout est vrai*.

Martin m'a raccroché au nez.

Comme tout le monde mon frère connaissait Milan Mikaev, sa vie dissolue, ses multiples conquêtes (parmi lesquelles figuraient deux ou trois actrices, la fille d'un ancien ministre et de nombreux top models), ses colères médiatiques, les déclarations sans mesure qu'il multipliait contre ses détracteurs, son goût pour la nuit. À l'époque où il cherchait en vain un producteur, mon frère avait été l'invité d'une émission sur le rock alternatif animée par Milan Mikaev. Ce dernier n'était alors qu'un noctambule curieux, fou de musique, propulsé par hasard sous les projecteurs d'un plateau de télévision. Milan Mikaev avait ensuite présenté deux saisons consécutives un programme de télé-réalité qui l'avait rendu presque aussi célèbre que Johnny Hallyday. Depuis quelques mois, il était l'animateur de *Tout est vrai*, ultime variante d'un concept testimonial décliné à l'infini, qui rassemblait chaque semaine d'*authentiques* personnes souffrant de pathologies diverses (anorexie, boulimie, phobies, lubies, déviances sexuelles ou identitaires, troubles obsessionnels compulsifs, voire tout ça à la fois) ou victimes d'importantes perturbations (divorces, viols, maltraitance, agressions, abandon, maladies génétiques ou orphelines, voire tout ça à la fois).

Martin savait tout ça. Mais Martin ignorait l'essentiel. Martin ne savait rien des circonstances dans lesquelles j'avais rencontré Milan Mikaev, ni les relations particulières que celui-ci entretenait avec la réalité. J'y reviendrai.

Le jour où j'ai annoncé à Martin que j'étais sur le point de tomber amoureuse de *quelqu'un*, j'ignorais moi-même que je venais de mettre un pied dans un univers où le simulacre se superpose à la parole, et où la *vérité*, érigée en valeur absolue, n'est que pure représentation.

C'était un soir d'automne, un soir comme beaucoup d'autres : vacant. J'aimais m'asseoir au fond des cafés. Plus que tout regarder les gens, quand ils parlent ou se taisent, leur densité. J'aimais être là, immobile, glisser mes genoux sous la table, chercher par-delà les miroirs le sens et l'intensité, et dans la vie des autres ce qui m'échappait. Ce soir-là, au café Bulle, les rires couvraient tout le reste, la musique et les voix, à quelques mètres de moi, entouré d'une dizaine de personnes, un homme racontait une histoire et provoquait l'hilarité. Au-delà de ce cercle attentif, il cherchait d'autres regards. J'ai observé cet homme pendant quelques minutes, son assurance, son sens de la mise en scène, sa manière particulière d'absorber la lumière. C'est étrange comme certains visages capturent le regard, accaparent l'attention. Comme certains corps nous appellent, nous sont familiers, quand d'autres, quoi qu'il arrive, resteront étrangers. Ses cheveux étaient blonds, sa peau claire, de là où j'étais rien ne pouvait m'échapper : ni la vanité dans ses yeux, ni la certitude qu'il avait – à ce moment-là – d'être au centre du monde. Très exactement.

J'avais besoin de distance. Je me suis déplacée de quelques tables et j'ai sorti de mon sac le dernier livre d'Ethan Castor acheté le matin même. Je gardais pour Ethan une affection étrange, dénuée de regrets. (Encore aujourd'hui, il m'arrive de penser qu'une faille très intime, très profonde, nous reliait. Aussi naïf cela puisse-t-il paraître.) Ethan m'a écrit pendant quelques mois, les lettres les plus drôles et les plus désespérées que j'aie reçues. Ethan m'a écrit : *j'ouvre la bouche pour que tu m'embrasses*. Ethan m'a écrit : *les images sont là tout le temps derrière mes yeux. Je pense à toi comme à un enfant perdu.*

À la naissance de sa troisième fille, Ethan a cessé de m'écrire.

Ethan avait inscrit dans mon corps le goût des hommes, de leurs mains, Ethan m'avait donné l'envie, l'appétit, l'exigence. Il m'avait laissée avec cette joie et ce silence.

J'ai ouvert le livre, lu les premières lignes et je suis restée comme ça, ni absente ni présente, en suspension.

– Vous ne voulez pas plutôt vous joindre à nous ?

Lorsque Milan Mikaev s'est adressé à moi pour la première fois, j'ai aussitôt remarqué cet accent à peine perceptible, dont je devais comprendre par la suite qu'il constituait l'atout maître de sa panoplie. Je ne regarde plus la télévision depuis longtemps et, bien que je me précipite sur les pages potins des journaux *people* dès que je m'assois dans une salle d'attente, son visage m'était inconnu. Les mains posées sur ma table, le corps penché vers moi, l'homme clair semblait guetter dans mon regard une étincelle de joie, d'admiration, ou quelque manifestation visible de mon émotion. Mais, à sa grande surprise, rien de tout cela ne s'était produit. J'ignorais que j'avais devant moi l'animateur vedette du moment, la coqueluche des ménagères de moins de cinquante ans, icône médiatique s'il en était, et Prince de l'audimat.

– Merci, mais je viens de commencer un livre.

– Vous devriez venir.

– Non, vraiment, je vous remercie, je déteste m'interrompre.

– Vous n'aviez pas l'air passionné…

Derrière lui, ses amis s'esclaffaient de plus belle et prenaient les paris.

– Je suis Milan Mikaev.

– Oui ?

– L'animateur de *Tout est vrai*.

– Je suis désolée, je…

– Je peux vous inviter à l'enregistrement de l'émission, demain soir, vous verrez c'est très intéressant.

– Je vous remercie mais j'ai des relations un peu particulières avec la télévision et avec la vérité aussi, un genre d'allergie.

D'autres que moi auraient offert mixeur, mari et enfants pour être conviées aux premières loges, mais il était peu probable que je puisse revendre la place.

Je me suis replongée dans mon livre, après l'avoir gratifié d'un sourire navré. Mais Milan Mikaev s'est assis en face de moi.

J'ai relevé les yeux et me suis adressée à lui sur un ton qui me semblait sans appel.

– J'ai déjà entendu votre nom et j'imagine que c'est un immense honneur d'être invitée à votre table mais vous ne manquez pas de public et j'avais pour ma part prévu d'être transparente, invisible, il y a des soirs comme ça, c'est très agréable, vous devriez essayer.

– Transparente ? Je crois que c'est raté. En tout cas moi je vous ai vue. Et je suis toujours un peu triste quand on s'éloigne de moi.

– Vous semblez bien entouré.

– Ce serait encore mieux si vous veniez nous rejoindre.

Je suis d'une nature conciliante et peu encline au conflit, mais l'insistance me met mal à l'aise.

– Écoutez, je vous ai dit non, je vous ai remercié. Maintenant si vous ne retournez pas avec vos amis, je vais devoir m'en aller et c'est dommage parce que j'aime bien cet endroit et que je…

– Je ne pourrai pas le supporter.

J'ai pensé : mon dieu, ai-je l'air si naïf ? J'ai dit :

– Vous devriez vous en remettre. Je vous souhaite une bonne soirée.

Sur ces paroles, je me suis levée, j'ai enfilé mon manteau et me suis dirigée vers la sortie.

Comme j'ouvrais la porte, j'ai senti sa main sur mon épaule.

— Excusez-moi mais il me semble difficile d'être invisible quand on porte des talons de vingt centimètres et qu'on s'habille comme un épouvantail. Je dois dire que je serais assez curieux de savoir où vous allez.

— Je suis la fille de ma-sorcière-bien-aimée et je me rends à une vente exceptionnelle de balais. Vous connaissez les réunions Tupperware ? Et bien, c'est le même principe, sauf que ça se passe la nuit et qu'on boit du Picon bière.

Je suis sortie du café, laissant Milan Mikaev de l'autre côté de la porte, interdit.

J'ai lu dans un livre (j'ai oublié lequel) une théorie sentimentale, dite de *la deuxième chance*, selon laquelle le destin – ou je ne sais quel démiurge organisé et bienveillant – se chargerait de remettre sur votre chemin le ou la promis(e) que vous auriez manqué une première fois, par paresse ou par inadvertance.

Ma seconde chance ne s'est pas fait attendre.

Quelques jours plus tard, alors que j'étais passée chez Darty pour m'acheter un fer à repasser, j'ai trouvé la vendeuse du rayon en grande conversation avec Milan Mikaev. La voix tremblante, la jeune femme lui vantait les avantages de la semelle en Teflon, comparée à celles en inox ou en aluminium, beaucoup moins glissantes. Pourquoi Milan Mikaev, lequel ne doit pas avoir moins de six assistantes, trois femmes de ménage, une gouvernante et des milliers de groupies prêtes à tout, peut se retrouver un jeudi soir, quelques minutes avant la fermeture, sous les néons d'un magasin Darty, je l'ignore encore aujourd'hui. Cela fait partie des nombreuses invraisemblances qui ont jalonné notre rencontre, la première mais pas la dernière, j'y reviendrai. Toujours est-il qu'ayant profité de l'exposé – lequel s'était poursuivi par les différentes puissances de vapeur, la touche pressing et le bouton anti-calcaire – alors que je m'apprêtais à poser une question sur la fiabilité comparée des différentes marques, Milan Mikaev a déclaré sur un ton péremptoire :

– Vous nous mettrez deux Rowenta, un pour Mademoiselle et un pour moi.

Après tout, s'il avait envie de m'offrir un fer à repasser, je n'y voyais pas d'objection. Nous sommes sortis ensemble du magasin, garanties en poche, après un passage synchronisé en caisse. J'ai refusé son invitation à boire un verre (je sortais du journal où nous venions de fêter la naissance des jumeaux de ma rédactrice en chef), accepté en revanche de lui laisser mon numéro de téléphone (apprendre à dire non est un travail de plusieurs années, apprendre à dire non plusieurs fois de suite relève de la compétition).

Quand je suis rentrée chez moi j'ai trouvé sur mon répondeur quatre messages consécutifs :

– Bonsoir Emma, c'est Milan, j'aimerais vous inviter à dîner demain soir, si vous êtes disponible, il y a un restaurant grec près de chez moi, très agréable, je vous laisse mon numéro de téléphone.

Le deuxième :

– Ah, en fait, j'ai pensé plutôt à un petit vietnamien, dans mon quartier, sans doute plus approprié comme cadre, enfin bon, rappelez-moi, je vous donne aussi mon numéro de portable.

Le troisième :

– Si vous préférez je connais aussi un Italien, les pâtes sont délicieuses, les gens charmants, je suis joignable toute la soirée…

Et le dernier :

– Où vous voulez.

À force j'avais fini par appréhender le genre masculin avec une certaine réserve, du moins en apparence, je regardais les hommes de loin, dans les supermarchés, les restaurants, aux terrasses des cafés. J'aimais leur plaire. Qu'ils se donnent la peine de me séduire ou de m'amuser. Plus tard je cherchais la faille dans leurs yeux, et dans leur bouche le goût du sel ou de l'alcool. J'aimais l'odeur des hommes, à la naissance du cou. Il m'était arrivé au cours des deux ou trois dernières années de partager quelques semaines ou quelques mois avec ceux qui m'avaient émue, mais il m'avait semblé ensuite, dans la promiscuité, que les enjeux s'étaient toujours un peu compliqués.

À l'usage quelque chose toujours se creusait, ou se distendait.

Mais de nature j'étais curieuse.

Pour une raison que j'ignorais, j'avais séduit Milan Mikaev. Il était possible qu'il me plaise, ou pas du tout. L'hypothèse paraissait plausible sans s'imposer. J'ai enlevé mes chaussures, enfilé mon caleçon mou, défait le lien qui attachait mes cheveux et je me suis assise sur le canapé. Je n'étais ni dans l'attente ni dans le désir, j'étais dans *l'avant*, quand rien n'est encore joué. J'aime ce moment où les mots sont rares, qui ont été prononcés, où le visage de l'autre échappe à la mémoire, où tout semble possible et peut-être rien du tout.

De ce *peut-être* naît parfois le vertige, lorsqu'on ne se méfie plus.

J'ai rappelé le lendemain et opté pour le restaurant grec. Nous avions rendez-vous à vingt et une heures, Milan Mikaev m'avait proposé de m'envoyer son chauffeur ; par principe (j'ignore lequel, mais il faut bien en avoir quelques-uns) j'avais refusé.

Il était déjà là quand je suis entrée dans le restaurant, installé à une petite table au fond d'une alcôve sans doute réservée aux personnes importantes. Je me suis assise en face de lui, fermement décidée à jouer la carte du silence plutôt que me laisser aller à raconter les exploits nautiques de ma grand-mère au bout de trois verres de vin.

Je n'ai eu ce soir-là à surveiller ni mon langage ni mon débit. Avant même que j'aie pu jeter un œil à la carte, Milan avait commencé à parler du prochain numéro de *Tout est vrai* – consacré aux femmes qui deviennent nymphomanes à la suite d'un régime trop restrictif – qu'il devait enregistrer le lendemain. Interrompu quelques minutes par le serveur qui venait prendre notre commande, il a repris son monologue, soulignant la dimension compassionnelle d'une télévision libératrice de parole et le rôle majeur que jouaient des programmes de ce type dans une société rongée par l'individualisme. Grâce à *Tout est vrai* des gens ordinaires trouvaient enfin des mots pour exprimer leur souffrance et contribuaient à faire entrer dans le discours social des sujets dont on ne parlait pas. Grâce à *Tout est vrai*, ces gens donnaient à voir et à entendre nos interrogations les plus intimes et repartaient transformés.

Je n'étais pas d'humeur polémique. J'imagine qu'il faut être capable de construire de tels arguments (et de s'y tenir) pour continuer à se regarder dans un miroir chaque matin. J'imagine que de tels discours relèvent de l'instinct de survie. Je l'ai laissé dire. Et poursuivre. Milan Mikaev s'est alors lancé dans un récit exhaustif de son parcours professionnel, *parsemé d'embûches*, de sa première expérience dans la feuille de chou de son école de commerce à son apogée télévisuel : ses rencontres, ses opportunités et les innombrables défis auxquels il avait été confronté. Sans que j'aie eu le temps d'émettre un son, il a enchaîné par diverses considérations sur la culture de l'image et l'influence des médias, citant volontiers ses pairs ou les spécialistes les plus reconnus pour étayer ses propos. À deux ou trois reprises, pour la forme, j'ai tenté d'insérer un commentaire ou une anecdote personnelle. Mais Milan Mikaev n'avait besoin ni de mes réactions ni de mon assentiment. Bien qu'il ne disposât d'aucune fiche et qu'aucun fil visible ne reliât son oreille à un complice dissimulé derrière le rideau, il pouvait poursuivre jusqu'au bout de la nuit. Au bout de deux heures, alors que j'avais englouti un kilo de tzatziki, un plat entier de moussaka et une bouteille de vin, au moment où je m'apprêtais à crier grâce, Milan a enfin abordé des territoires plus intimes. Le monologue m'a semblé prendre une tournure plus intéressante. À l'âge de trente-neuf ans, il prétendait n'avoir jamais été amoureux. Il ne se souvenait pas d'avoir éprouvé pour une femme de sentiment extrême, déstabilisant. Il lui était arrivé d'être séduit, jamais bouleversé.

Ce n'est d'ailleurs pas le mot qu'il a employé. Il a dit : je n'ai jamais été *perturbé*.

Bref, il s'ennuyait.

J'étais pour ma part convaincue d'une chose : par définition l'amour emporte, accapare, renverse, et rien d'autre ne vaut la peine.

Je n'étais pas de mauvaise humeur, ni même irritée, pourtant j'ai posé ma main sur la sienne et j'ai dit :

– Pour être *perturbé*, Milan, je crois qu'il faudrait commencer par apprendre à écouter.

Il m'a regardée, il a souri. De ma vie je n'ai vu visage aussi innocent. Il s'est levé, s'est approché du bar pour payer l'addition et nous sommes sortis. Nous nous sommes quittés devant chez lui, à quelques mètres du restaurant. Nous sommes convenus de nous rappeler, *un de ces jours*, quelque chose d'opaque s'était installé entre nous, Milan a composé son code et m'a abandonnée devant son immeuble sans se retourner.

Je n'étais pas fière de moi. Je me suis couchée avec son sourire, comme une fenêtre minuscule, ouverte sur la lumière d'un autre jour.

Dès le lendemain, j'ai attendu.

Qu'espérais-je ? Que Milan Mikaev s'était rendu compte, à peine rentré chez lui, qu'il était tombé éperdument amoureux de moi, que sa vie était dorénavant dépourvue de sens, qu'il ne tarderait pas à m'appeler pour s'excuser, me demanderait de venir chez lui, me poserait des questions toute la nuit et me supplierait de rester dormir ?

Sans doute, oui, quelque chose comme ça.

La vie est douce qui se charge pourtant de nos illusions. J'avais dû, en d'autres temps, rendre mon âme aux évidences. Mais on ne peut pas renoncer à tout. J'avais vu beaucoup de films et lu trop de livres.

Au-delà des mots, quelque chose parfois nous propulse vers la solitude de l'autre, vers son désespoir, son impuissance ou sa colère, cela même qui ne se partage pas et que l'on croit pourtant reconnaître. Dans cet élan obscur et aveugle, je m'étais souvent laissé faire.

Une semaine après notre dîner, alors que je n'avais aucune nouvelle de lui, je me suis levée un matin avec l'idée claire et déterminée que j'allais *perturber* la vie de Milan Mikaev. Et pas qu'à moitié.

J'ai commencé par le plus facile. J'ai fait passer dans *Libération* une annonce avec son numéro de portable : « M., grand amateur de tartes aux fraises, organise concours exceptionnel samedi 26 octobre à 14 heures. Apporter son matériel, ingrédients fournis » (j'ai su plus tard qu'il avait reçu soixante-douze appels en trois jours). Je me suis ensuite fait passer pour sa secrétaire particulière et ai envoyé à la première heure à son domicile : une entreprise de dératisation (le lundi), Eurocafard Pest-Control (le mardi), un plombier et un serrurier (le mercredi). Le jeudi, je lui ai fait livrer par la Redoute, contre remboursement, un appareil de musculation abdominale et une friteuse.

Le vendredi soir, une vingtaine de pizzas aux fruits de mer, accompagnée d'un mot sibyllin (« Bon appétit. Emma »).

Le samedi Milan m'a laissé un message d'une vulgarité époustouflante sur mon répondeur.

Je ne me suis plus manifestée. Le mardi suivant, pour la première fois, j'ai regardé *Tout est vrai*. Consacrée à la vie sexuelle des handicapés, l'émission commençait par un reportage d'une heure, suivi par un débat auquel participaient les principaux protagonistes (deux nains, une aveugle, un paraplégique) ainsi que quelques témoins supplémentaires supposés apporter un éclairage nouveau ou discordant. Tout au long de l'émission, les téléspectateurs pouvaient voter par téléphone ou SMS pour choisir le témoin le plus émouvant, lequel aurait la très grande chance d'être invité quelques mois plus tard à la finale *Demain est un autre jour* qui consacrerait, par un vote ultime, le témoin le plus authentique et le plus bouleversant de l'année.

À la fin de la soirée, je n'étais plus très sûre d'avoir envie de *perturber* la vie de Milan Mikaev.

Le lendemain, Ethan Castor était l'invité d'honneur d'une nouvelle émission littéraire, tandis que sur une autre chaîne on rediffusait pour la dixième fois le premier épisode de *Destins de braise*.

J'ai éteint la télévision. J'ai posé un disque sur la platine et j'ai sorti ma table à repasser.

Une semaine ou deux se sont écoulées comme ça, expectatives, dans un entre-deux qui me permettait de réfléchir à l'éventuelle poursuite d'une opération de séduction dont les motivations me semblaient pour le moins obscures. Jusqu'à ce jour de novembre où, à sept heures trente du matin, comme je sortais tout juste de ma douche, la sonnerie de ma porte d'entrée a retenti. Je me suis enroulée dans une serviette, le temps de traverser le couloir et de m'interroger sur l'identité du kamikaze qui envisageait de me rendre visite à cette heure matinale. Quand j'ai ouvert la porte, Enrico Macias se tenait devant moi, frais, souriant, les bras tendus. Derrière lui une équipe réduite (deux cameramen, un chef opérateur, un preneur de son) s'esclaffait en chœur : SURPRISE ! Le maître d'œuvre, surgi de la cage d'escalier et visiblement submergé par la joie, s'est empressé de m'expliquer la situation : je rêvais depuis des années de passer une journée avec Enrico Macias, les murs de ma chambre étaient couverts de posters du chanteur, j'avais tous ses disques et connaissais toutes ses chansons par cœur, et bien voilà, c'était fait, c'était aujourd'hui, grâce à *Stars sur un plateau* ! Enfin j'allais pouvoir vivre ce jour unique, mémorable, fantastique, dont je me souviendrais toute ma vie. Prise de panique, j'ai claqué la porte. Ils ont sonné une nouvelle fois. Enveloppée dans ma serviette humide, je me suis mise à trembler des pieds à la tête. La riposte était à la hauteur des moyens dont Milan disposait. Je dois avouer que j'étais assez *perturbée*. J'ai rouvert la porte quelques instants plus tard, ai pris ma voix la plus posée pour expliquer à ces braves gens que c'était une erreur. Je n'avais pas de passion particulière pour Enrico Macias, lequel avait l'air au demeurant fort sympathique, mais il s'agissait sans aucun doute d'une abominable méprise dans l'étage ou le numéro de la rue, ou peut-être un stagiaire distrait avait-il mélangé les lettres de candidature… L'équipe n'était manifestement pas avertie de la plaisanterie car la caméra continuait de tourner, le preneur de son s'interrogeait à voix haute sur ce qu'ils pourraient récupérer au montage et le présentateur commençait à envisager de la refaire. Il a fallu que je me fâche (cela fait aussi partie des choses que j'ai fini par apprendre). Après quelques années de chorale hard rock, j'ai acquis une certaine puissance vocale. Ils se sont tus d'un coup, ont éteint les projecteurs et sont entrés boire un café. Le preneur de son était très beau mais j'étais très énervée. Je n'ai pas tardé à faire le lien. J'ai appris par l'animateur que Milan Mikaev était un ami intime du producteur de *Stars sur un plateau*. L'équipe ne dissimulait pas sa contrariété. Assis sur mon tabouret de cuisine, Enrico Macias semblait assez déprimé. Le présentateur s'est montré réconfortant : la journée entière serait payée, ils avaient reçu des milliers de lettres de candidature pour Enrico, le tournage serait reporté d'un jour ou deux.

J'ai refermé la porte derrière eux, abasourdie, me suis rallongée un quart d'heure sous la couette avant de reprendre le cours de mes ablutions matinales.

Il n'en fallait pas davantage pour que je décide de renoncer. J'avais finalement mieux à faire que *perturber* la vie d'un homme capable de kidnapper ma maîtresse de CP au milieu du réfectoire de sa maison de retraite, de me séquestrer vingt-quatre heures dans un ascenseur ou de refaire mon appartement en une journée, sous prétexte de filmer ma réaction. Mais la semaine suivante, je n'ai pu résister à la tentation de regarder un nouveau sujet de *Tout est vrai*, consacré aux gens qui avaient tout perdu par amour. Je me suis endormie. Réveillée par la musique du générique, j'ai juste eu le temps d'apercevoir Milan qui lançait un appel à témoins, tandis qu'un numéro de téléphone défilait en bas de l'écran. Pour participer au débat d'une prochaine émission, il recherchait des acheteurs ou acheteuses compulsifs. Les reportages étaient tournés mais il manquait quelques témoins pour le plateau.

Depuis toujours, je rêvais les yeux grands ouverts, je traquais les signes, les détails, les appels silencieux, à moi seule perceptibles, depuis toujours j'abritais cette quête absurde, capable de saisir le minuscule, l'infiniment petit, l'impalpable, pour l'élever à hauteur du romanesque, depuis toujours je traînais avec moi ce sentiment d'insuffisance, et l'illusoire conviction que les choses ont un sens.

Je pensais souvent à ces mots, entendus quelques années plus tôt dans un film :
– Irène, tu demandes trop à la vie.

J'ai appelé le lendemain, me suis prêtée avec obéissance à l'interrogatoire administré par une rédactrice avertie. Oui, il m'arrivait de dépenser plusieurs centaines d'euros dans une journée pour des chaussures, des vêtements ou des articles de lingerie que je ne portais jamais. Oui, j'achetais aussi par milliers des crèmes aux cellules fraîches, des sérums anti-âge, des baumes apaisants-relaxants-dynamisants pour le corps, des fluides pour paupières gonflées, des pommades anti-cernes, des fonds de teint soixante-douze heures. Oui, il m'était arrivé de traîner pendant des mois des découverts abyssaux à la suite de crises compulsives, oui, c'était une maladie terrible, épouvantable, non je ne m'étais jamais fait aider. J'improvisais les réponses, ajoutais des détails sensationnels ou pathétiques, et soufflais bruyamment dans un Kleenex pour le plus grand bonheur de mon interlocutrice. Convoquée quelques jours plus tard à la production, j'avais eu le loisir de parfaire mon personnage. Après une heure de conversation, j'étais devenue la *cliente* idéale. L'enregistrement était prévu la semaine suivante, j'avais écrit à Milan une gentille carte de remerciement pour la visite surprise d'Enrico Macias, dans laquelle j'avais mentionné un voyage imminent à l'étranger et promis de l'appeler à mon retour.

Il y avait longtemps que je ne m'étais pas autant amusée. Au journal, j'ai annoncé que j'étais invitée à une soirée déguisée et me suis retrouvée devant des monceaux de vêtements plus excentriques les uns que les autres, parmi lesquels j'ai fini par choisir une tenue que n'aurait pas reniée Zizi Jeanmaire. Le soir de l'enregistrement, je me suis rendue en taxi à la Maison de la Radio.

Après une séance de maquillage, nous avons été invités à nous asseoir sur le plateau. De la loge où nous attendions, il m'avait semblé reconnaître le timbre de Milan, occupé nous avait-on dit à préparer l'enchaînement des différents thèmes du débat. Dociles sur nos chaises en plastique, nous avons écouté les consignes que l'assistant donnait au public : applaudir à la fin des témoignages, exprimer son enthousiasme ou son éventuelle désapprobation (on pouvait faire : hou ! oh ! et ah !, mais il était préférable d'éviter les insultes) rester assis, ne pas bouger pendant les écrans publicitaires, ne pas manger ni boire, merci de

ranger les sandwiches et les canettes, ne pas se
moucher ni tousser pendant les interventions, tout
contrevenant sera immédiatement expulsé. Peu
importaient les règles du jeu. J'avais en tête de
dynamiter l'émission, rien de moins. J'avais pré-
paré des réponses inconvenantes, absurdes, et
prévu de renier tout ce que j'avais pu dire lors de
la préparation. L'erreur de casting, la bourde,
l'allumée de la crèche, l'élément *perturbateur*,
c'était moi. Les lumières se sont éteintes, le générique a envahi le studio cent trois, nous avons
fermé les yeux et retenu notre souffle, soudain
figés dans une apnée collective et quasi mystique.
Lorsque Milan Mikaev est entré sur le plateau, les
projecteurs se sont rallumés sous un tonnerre
d'applaudissement. Milan, immobile dans un costume sombre d'une sobriété légendaire, s'est lancé
dans la présentation du sujet de l'émission sur un
ton de circonstance : concerné. « Elles ont entre
vingt et cinquante ans, elles sont cadres supé-
rieures, infirmières, journalistes, étudiantes ou
employées de bureau, elles achètent des vêtements, des bibelots, des chapeaux, des produits de
beauté ou de maquillage, elles dépensent au-delà
de ce qu'elles possèdent, elles sont incapables de
résister, de s'arrêter, s'endettent, multiplient les
emprunts et les crédits à la consommation, sont
interdites de chéquiers et de cartes bleues, passent
leur temps dans les boutiques, sur les brocantes,
les marchés, elles ont conscience d'être malades,
essaient pour certaines de s'en sortir, elles vont

parfois jusqu'au bout. Parmi les témoins que nous allons entendre ce soir, Nicole, la mère de Natacha, a accepté de parler. Car Natacha est morte, Natacha s'est suicidée le vingt-trois juillet dernier, elle avait trente ans, neuf cent quatre-vingts paires de chaussures et quinze mille euros de découvert. Comment peut-on en arriver là, quelles sont les causes qui expliquent ces comportements, comment soigner ces femmes qui refusent la réalité, aurait-on pu éviter ce drame, c'est le sujet de *Tout est vrai*. »

Alors qu'il honorait le public d'un regard circulaire, mesurant ainsi l'impact de son entrée en matière, Milan m'a vue.

Ses fiches sont tombées à ses pieds, il s'est immobilisé quelques secondes, sourcils froissés, bras ballants, son teint semblait soudain plus pâle sous le maquillage. Milan a eu peur. Quelqu'un dans l'oreillette a dû lui suggérer d'envoyer le reportage. L'intensité lumineuse s'est affaiblie tandis qu'à côté de moi la mère de Natacha tordait un Kleenex entre ses doigts. Je pensais que Milan profiterait de la projection pour venir me voir, me supplierait de ne pas jouer les trouble-fête, multiplierait les propositions d'arrangements, invoquerait sa carrière, sa mère-si-fière-de-lui, le patron de la chaîne, sa réputation. Il n'en fit rien.

Dans la semi-obscurité je devinais sa silhouette, immobile, tendue. L'émission suivait son cours.

Après le reportage, à la demande de Milan, la mère de Natacha a raconté l'histoire de sa fille :

son petit appartement du douzième dans lequel on pouvait à peine entrer, les sandales, les nu-pieds, les bottes, les bottines, les escarpins, son salaire englouti, ses arrêts maladie, les différentes hospitalisations qu'elle avait tentées, son incapacité croissante à percevoir les contours d'une réalité qui lui échappait.

Devant cette femme, si près de sa douleur, je n'étais plus si sûre d'avoir la force. Mais Milan s'apprêtait déjà à me poser les questions inscrites sur sa fiche, je n'avais plus le choix. J'étais prise au piège.

Il m'a semblé déceler un voile d'inquiétude dans son regard lorsqu'il s'est tourné vers moi :

– Emma, vous avez trente-deux ans, vous êtes célibataire et vous pouvez dépenser jusqu'à deux mille euros par mois en vêtements ou en accessoires. Emma, pour que les spectateurs comprennent bien, pouvez-vous nous raconter ce qui se passe dans votre tête lorsque vous entrez dans un magasin et que vous dépensez ainsi, bien au-delà de vos moyens ?

– Non, je ne crois pas.

– Vous voulez dire qu'il vous est difficile d'en parler ?

– Non. Je veux dire que je n'ai pas envie d'en parler.

– Je ne comprends pas, Emma. Vous êtes venue pour témoigner, n'est-ce pas ?

J'ai regardé la mère de Natacha, cette douleur muette sur son visage, j'ai inspiré une grande bouffée d'air chaud.

– Voyez-vous, Milan, il me vient soudain un sentiment étrange, un sentiment de vide ou de vertige. Vous aimeriez que je vous raconte. Vous attendez des détails. Vous allez me demander de préciser le montant de mes dépenses, d'expliquer l'alternance des moments de crise et des périodes de rémission, je répéterai mot pour mot les anecdotes qui ont tant plu à vos collaborateurs et qu'ils m'ont recommandé de ne pas oublier. Derrière moi je percevrai le vent du scandale, les murmures de l'étonnement, les soupirs de la compassion. Si je pouvais pleurer un peu, ce serait du meilleur effet. Et puis après ? Vous ferez mine d'écouter mes réponses tout en jetant un œil à votre fiche pour ne pas rater votre enchaînement, vous me couperez la parole si je m'attarde sur des points qui vous semblent moins spectaculaires, vos caméras filmeront mes mains pendant que je parle, mes yeux humides, mes chaussures de marque, mes bracelets en or. Histoire de détendre un peu l'atmosphère, vous ne manquerez pas de me faire remarquer qu'à tant dépenser, j'aurais pu en profiter pour aller chez le coiffeur, parce qu'il faut rire, n'est-ce pas, se foutre un peu de la gueule des gens, ça fait partie de votre travail, je crois, et puis après ? Il me vient soudain à l'esprit que lorsque tout ça sera fini, cette remarquable mise en scène, je vais rentrer chez moi. Et que le vide sera toujours aussi vide. Je vous aurai donné à voir autant qu'à entendre. Je vous aurai confié mes doutes, ma colère, mon désarroi. Mais je ne serai délestée de rien. D'aucune douleur. Soudain il m'apparaît que je serai complice de cette barbarie devenue ordinaire, légitime, qui consiste à regarder la souffrance des autres du fond de son canapé. Quel confort, n'est-ce pas ? Être au plus près de la douleur, de la différence, sans avoir à tendre la main. Et cette quiétude de se sentir tellement normal, tellement conforme. Vous repartirez satisfait, j'en suis sûre, vous irez boire une coupe de champagne dans je ne sais quel bar où il importe d'être vu, tandis que je rentrerai chez moi. Je ne garderai de cette soirée qu'un arrière-goût d'inanité et d'humiliation. Un jour peut-être les gens en auront assez de vous voir, vous et vos amis, si lisses au milieu de l'aspérité du monde, impeccables, imperméables, un jour les gens éteindront leur télévision, écœurés par votre complaisance.

Pendant que je parlais il m'a semblé voir autour de moi une multitude de lumières rouges qui clignotaient et entendre, provenant de l'oreillette de Milan, une voix nasillarde qui s'égosillait. Milan ne m'a pas interrompue. Quand je me suis tue, il s'est approché de moi, j'ai vu son sourire étranger et j'ai eu peur.

La suite, on la connaît. La suite est passée en boucle sur toutes les chaînes de télévision, a nourri pendant des mois les best of, bêtisiers et autres soirées en abîme où la télévision regarde la télévision. Pour ceux qui l'auraient manquée, on doit pouvoir encore se procurer la cassette vidéo ou visionner l'extrait sur le web. Inutile de dire qu'avant la diffusion, ces images, en guise de bande-annonce, passaient en boucle sur la chaîne.

Sous une quinzaine de projecteurs, dans un silence absolu, Milan m'a embrassée.

J'ignore lequel de nous deux en fut le plus *perturbé*.

Une assistante m'a emmenée dans sa loge, l'émission a repris son cours. Assise devant un miroir accusateur, j'ai attendu. Après l'enregistrement, Milan est revenu, sans m'adresser la parole il s'est démaquillé, changé, a rangé ses affaires et éteint les lumières. Nous sommes sortis ensemble de la Maison de la Radio, du bout des lèvres il m'a proposé de me raccompagner. J'ai donné mon adresse au chauffeur. Dans la voiture Milan s'est endormi sur mon épaule tandis que son portable ne cessait plus de sonner. Il s'est réveillé quand nous sommes arrivés devant chez moi, m'a caressé la joue et m'a laissée descendre sans un mot.

Je n'ai pas dormi de la nuit. Quelque chose était arrivé, hors de toute réalité, de toute vraisemblance, quelque chose qui pouvait infléchir le cours de ma vie ou me laisser à jamais un profond sentiment de ridicule, quelque chose qui désormais ne m'appartenait plus.

Le lendemain, Milan m'a téléphoné pour me donner rendez-vous dans un café près de chez lui.

Il s'est assis en face de moi. Je m'apprêtais à lui présenter des excuses quand il a murmuré :

– J'aime comme tu observes, Emma, ta fantaisie, tes mots quand ils sont fragiles, et la densité de ton silence. J'aime cette manière que tu as d'être en dehors, pas très loin. Je voudrais t'avoir à côté de moi, Emma, contre moi. Je voudrais que tu viennes vivre chez moi.

Il a posé ses coudes sur la table, il s'est tu. Je me suis dit qu'il fallait me lever, maintenant, lui souhaiter bonne chance, meilleurs vœux ou Joyeuses Pâques, et ne jamais me retourner. Mais j'avais étalé sur mes paupières un nouveau fard, gris métallique, et coloré mes lèvres d'un rouge mat. Mon corps était lourd sur ma chaise.

Combien de fois faut-il rejouer la fable, pour être capable de s'en défaire ? Sommes-nous condamnés à ça, reproduire inlassablement la même illusion, le même désenchantement ? Tandis que Milan me regardait, je cherchais les segments invisibles qui relient les hommes, je cherchais, par-delà les différences, l'atome semblable, le dénominateur commun. J'aimais les jolis garçons, cela n'avait rien à voir avec leur visage, ni avec leur corps. Je tendais la main vers leur image, j'étais présomptueuse malgré la répétition, et aveugle, je tendais la main comme si cela suffisait.

J'ai dit oui.

Le lendemain de la diffusion, plusieurs quotidiens titraient sur l'événement et trois jours plus tard nous faisions la couverture de *Voici*. La chaîne avait écourté mon monologue mais refusé de couper le morceau d'anthologie qui allait assurer l'audience de l'émission pour plusieurs mois.

À partir de ce jour, mon existence (laquelle, on l'aura compris, s'était accommodée d'une relative vacuité) s'est trouvée aspirée dans un scénario rocambolesque, situé à peu près à égale distance entre sitcom et science-fiction. Des lettres ont été envoyées dans les journaux et à la chaîne pour féliciter Milan de son audace et nous adresser toutes sortes de vœux et d'encouragements. D'autres avaient pour objectif de dénoncer l'imposture de mon témoignage ou d'alourdir les charges retenues contre moi. Peu importaient l'authenticité ou l'intégrité mentale de mon personnage. J'étais la nouvelle conquête de Milan Mikaev, une ménagère de moins de cinquante ans conviée dans le lit du Prince, sur les plages des Seychelles, aux tables des meilleurs restaurants.

Le conte de fées avait commencé.

J'ai vécu avec et chez Milan Mikaev quatre mois d'hiver. J'ai vécu avec et chez Milan quatre mois de folklore.

J'ai suivi Milan dans les cocktails, les inaugurations, les vernissages, j'ai souri devant les objectifs, les caméras, porté les jupes et les manteaux qu'il m'avait offerts. Pendant ces quelques semaines, nous ne nous sommes pas quittés. Nous avons fait à trois reprises la couverture de *Voici*, deux fois celle de *Gala*, et celle de *Paris Match*. Nous étions le sujet de conversation numéro un des soirées parisiennes, des cours de lycée et des dîners en famille. Nous alternions des semaines de réclusion et des périodes volontairement exposées durant lesquelles nous entretenions ce point lumineux où convergeaient les regards. Milan lui-même ne dissimulait pas son incrédulité. Sa cote de popularité avait explosé. Nous étions partout. J'étais devenue une curiosité temporairement incontournable, qu'il fallait avoir invitée à sa table et au sujet de laquelle il importait d'avoir un avis. Je m'appropriais le rôle et peaufinais le costume. Avec la carte bleue de Milan, j'achetais des livres, des robes, des parfums. À ses côtés je me sentais belle. Vivante. Milan aimait me caresser sous la table quand nous étions avec d'autres. Milan aimait mes cheveux fins et mes petits yeux du matin. Milan aimait me regarder dormir, prendre ma douche, marcher dans la rue. Milan aimait que je lui lise à voix haute les articles qui nous étaient consacrés.

Au journal, j'ai obtenu les pages *Tendances* dont je rêvais depuis des mois. Deux éditeurs m'ont proposé d'écrire un livre, une marque de cosmétiques discount m'a contactée pour prêter mon nom à une ligne de maquillage et j'ai failli faire un spot publicitaire pour des serviettes hygiéniques. Mais Milan était contre. Milan était hostile aux produits dérivés.

J'étais une femme sans qualités. Je ne savais rien faire d'autre que taper le code d'une carte bleue qui ne m'appartenait pas, je n'avais réalisé aucune œuvre ni aucun exploit, ne savais quasiment rien faire de mes dix doigts, mais, en quelques semaines, j'étais devenue presque aussi célèbre que Milan lui-même.

Un soir de décembre, je suis entrée chez Prada. Les vendeuses m'ont aussitôt reconnue, m'ont offert le thé et leurs conseils avisés. J'aurais pu essayer la boutique entière, jeter les vêtements par terre et les piétiner, changer dix fois de taille, de modèle, d'avis, déambuler nue au milieu des portants, elles n'auraient pas cillé. J'ai acheté deux pantalons et trois paires de chaussures que je n'ai jamais portés.

Un dimanche matin, alors que je sortais de chez Milan, un photographe a surgi de derrière un camion. La photo est parue la semaine suivante. Le cheveu mou, la mine blafarde, mon sac coincé entre les jambes, j'observe avec attention un

Kleenex dans lequel je viens de me moucher. Quelques jours plus tard, j'ai découvert dans un autre journal une série de photos prises lors d'une fête de lycée où j'étais déguisée en schtroumpf.

Soudain ma vie s'était égarée, soudain ma vie ne ressemblait plus à rien, ma vie était l'absurdité même et je crois que ça me plaisait.

C'est à ce moment-là que Martin s'est décidé à me rappeler. Aux Lucioles nous avons bu du vin et ricané pendant deux heures en nous racontant nos aventures respectives. Quand la bouteille a été finie, Martin m'a dit :
– Ne te perds pas en route, Emma.

Je suis repartie à pied. Je voulais la morsure du froid, je voulais sentir mes doigts engourdis à faire mal. Et regarder la chaleur de mon souffle se dissoudre dans l'air.

Au vu de ce qu'est devenue notre histoire, il m'est arrivé de me demander si Milan, ce soir de novembre où il m'avait embrassée devant dix caméras, n'en avait pas au préalable calculé le risque et prémédité les conséquences. Je ne crois pas. Je sais qu'il a fait pression sur la chaîne pour que l'extrait soit coupé. Milan a compris ensuite qu'il venait de s'offrir le plus spectaculaire coup de pub de sa carrière. Milan savait saisir les opportunités, il allait exploiter jusqu'au bout l'or que nous

avions dans les mains. Plus rien ne serait laissé au
hasard.

Milan ne supportait pas d'attendre, de faire la
queue, s'impatientait au restaurant, chez le den-
tiste, sur les plateaux. Milan était capable de faire
un scandale pour une fenêtre entrouverte, une
odeur déplaisante, une musique qu'il jugeait trop
forte. Je l'ai vu hurler sur une collaboratrice parce
qu'elle mettait plus de cinq secondes à répondre à
une question qu'il venait de lui poser, chasser de sa
table un garçon pour des propos anodins qu'il
jugeait déplacés, insulter sa banquière au téléphone, exiger un rendez-vous dans le quart
d'heure chez le coiffeur, faire déplacer des gens
installés à *sa* place dans une boîte de nuit. Milan
demandait la liste exhaustive des convives avant
d'accepter une invitation, pouvait modifier dix
fois l'horaire d'une réunion ou d'un rendez-vous,
ne tolérait qu'une seule marque de coton pour se
démaquiller, se nourrissait exclusivement de cuisine exotique, ne buvait pas d'eau du robinet et ne
supportait pas le Nylon. Milan ne lisait pas, n'allait
jamais au cinéma, passait des nuits entières,
allongé sur le canapé, à écouter des disques. Milan
était insomniaque. Milan pouvait tout quitter pour
rejoindre un ami qu'il n'avait pas vu depuis longtemps, passer deux heures à consoler sa maquil-
leuse, traverser tout Paris pour aller choisir lui-
même un cadeau destiné à sa gardienne, Milan
était capable de prêter deux mille euros à quelqu'un

qu'il n'avait jamais vu ou d'inviter une salle entière de restaurant sous prétexte qu'il était de bonne humeur. Milan pouvait chanter en hongrois debout sur une chaise à quatre heures du matin, imitait ses confrères à la perfection, parodiait ses propres émissions jusqu'à la caricature.

Lors des nombreuses interviews qu'il accordait, Milan évoquait ses envies, ses projets, livrait ses secrets d'alcôve et offrait en exclusivité des informations sur notre couple. Il racontait son enfance à Budapest (à ma connaissance au moins trois ou quatre versions différentes), la place Ferenc Liszt, le passage Gozsdu et les magasins vides, son père emporté par une pneumonie, sa mère, veuve à trente ans, qui avait suivi en France quelques années plus tard un chanteur d'hypermarché aujourd'hui disparu. Milan ne craignait ni l'invraisemblance ni le stéréotype. Il s'adaptait à son interlocuteur, savait l'intriguer, le faire rire ou l'émouvoir. La parole était pour lui un moyen d'apprivoiser le monde, de le contrôler, de tenir à distance ou d'attendrir les gens qui l'entouraient. Milan vivait en France depuis l'âge de douze ans, cultivait son accent et cherchait le mot juste. Étudiant, il avait gagné des concours d'éloquence et d'improvisation théâtrale. Il écrivait sa vie, effeuillait la partition, savait jouer de tous les sentiments, de tous les instruments, me tenait serrée contre lui dans un décor qu'il avait construit de toutes pièces. Milan était un mystificateur.

Milan me plaisait. Parce qu'il pouvait raconter pendant des heures des histoires à dormir debout, volées à d'autres ou inventées, parce qu'il avait le goût du mythe et de l'épopée, parce qu'il savait rire et pleurer, et avec moi seulement laissait entrevoir cette peur qui le rendait parfois brutal.

Je détestais son arrogance, sa vanité, ses caprices.

J'admirais sa conviction, son enthousiasme, son engagement.

J'aimais sa fragilité, sa douceur, ses excès.

Milan était tout ça à la fois : la sincérité et l'illusion, le respect et l'insolence, l'orgueil et le doute, l'indifférence et la compassion.

Sans doute notre vie aurait-elle pu continuer ainsi. Nous étions heureux dans le regard des autres, et quand nous fermions la porte. Nous étions heureux en ville, à la campagne, au fond des bars et des baignoires d'hôtels.

À notre retour de vacances, Milan a annoncé à *Télé 7 jours* notre décision de nous marier au printemps. Nous n'en avions jamais parlé. Il m'a donné l'article à lire comme d'autres auraient choisi un bouquet de fleurs ou un dîner aux chandelles. C'était sa façon, je suppose, d'en faire la demande. Je n'y ai pas vraiment réfléchi. J'ai dit oui parce qu'il est parfois confortable que d'autres prennent à votre place les décisions importantes de votre vie.

Un peu plus tard, j'ai appris par la presse que je courais huit kilomètres chaque matin, que j'avais trois fois rompu des fiançailles avant de le rencontrer, que je lisais Hegel et Wittgenstein dans le texte, ne ratais pas un épisode du Bachelor et pouvais engloutir deux boîtes de cassoulet William Saurin à moi toute seule.

À partir de janvier, Milan a multiplié les déclarations sur mes excentricités ou mon instabilité sentimentale, ajoutant, au gré de son humeur, anecdotes, illustrations ou détails à sensation : j'avais failli épouser le fils d'un milliardaire russe, avais été pendant plusieurs mois la maîtresse d'un footballeur dont il ne pouvait révéler le nom et plusieurs années l'égérie d'un poète islandais aujourd'hui inconsolable. Milan racontait que j'avais vécu en Sibérie, au Texas, avais fait trois ou quatre fois le tour du monde, que j'avais suivi deux saisons consécutives la tournée d'un cirque espagnol, savais marcher sur un fil, jongler et avaler des cigarettes allumées. Milan racontait à qui voulait l'entendre mon appétit féroce et ma ligne inaltérable, mon goût pour la nuit, mes lectures érotiques, mes talents culinaires, ma passion pour le dix-neuvième siècle en littérature, ma folie des maillots de bain, la douceur de ma peau.

J'ai vite compris ce que Milan voulait faire de moi : une perle rare, insaisissable, une femme convoitée que la terre entière lui enviait, une femme qu'aucun homme avant lui n'avait su retenir. Mon personnage se façonnait au fur et à mesure, attisait les regards et les curiosités. Aussi étrange cela puisse-t-il paraître, personne, ni dans l'entourage de Milan ni dans les colonnes des journaux, n'en pointait les contradictions.

Milan préparait pour notre mariage une fête interplanétaire dont je ne devais rien savoir. Il passait des coups de fil, recevait des devis, prenait conseil auprès des spécialistes.

En dehors de *Tout est vrai* et de l'émission qu'il animait une fois par semaine sur une radio privée (activités qui, par chance, lui prenaient pas mal de temps), Milan se consacrait exclusivement à notre couple. Il gérait notre agenda, prévoyait nos soirées, nos escapades, nos jours fériés, acceptait ou refusait les invitations, échafaudait des plans de bataille et des projets à long terme. Il voulait que je rencontre sa famille, ses amis, ses relations. Il me traînait partout, m'exposait aux regards et aux photos volées, m'exhibait comme un trophée dont il avait fixé lui-même la valeur.

Sa mère habitait une maison à Saint-Germain-en-Laye que Milan lui avait offerte au début de son succès. Elle cuisinait des plats hongrois et nous faisait boire du Tokaj. Elle me disait souvent, avec cet accent incroyable qui avait résisté aux années et aux assauts du confort domestique : « Et vous, Emma, qu'en pensez-vous ? »

Elle recherchait mon appui, mon assentiment, ma complicité.

– Que peut-il obtenir de plus, Emma, que peut-il obtenir qui le rendrait plus heureux ?

Milan n'a jamais exprimé le désir de rencontrer mes parents, mes amis, ni même Martin dont le premier album marchait très bien. Il ne semblait pas concevoir que mon univers pût coïncider avec le sien, que quelque chose pût m'appartenir en propre, ou compter pour moi. Milan ne s'est jamais soucié de savoir si j'aimais des gens, si éventuellement des gens m'aimaient, si j'avais envie de les voir ou de les recevoir.

J'étais cette fille un peu bizarre qu'il avait rencontrée dans un café, sans attaches et sans passé. J'étais ce matériau brut, souple sous la paume, modelable à l'envi.

Je vivais avec lui et le reste n'avait pas d'importance.

À ses côtés il me semblait grandir et me perdre, m'envoler et m'éteindre. À ses côtés j'étais dans la lumière, loin de tout ce qui m'avait habitée jusque-là, emportée dans une fiction qui n'était pas la mienne et ne me ressemblait pas.

Mais Milan ne savait vivre autrement que dans la fable, et j'avais trouvé, en la matière, beaucoup plus fort que moi.

Chaque soir en sortant du journal, je retrouvais Milan à son bureau ou ailleurs, pour une soirée, un dîner ou un vernissage, ou bien je l'attendais dans son salon. Un lundi de janvier, je suis sortie du métro, j'ai marché jusque chez lui, devant la porte je n'ai pas pu m'arrêter, j'ai continué, droit devant moi, et soudain il m'a semblé que je pouvais marcher encore, à contre-courant, que j'en avais la force. Dans la rue, j'ai regardé les visages, leur beauté, leurs aspérités, il était doux de revenir à l'anonymat du monde et de se laisser porter au hasard, il s'est mis à pleuvoir mais cela n'altérait en rien cette sensation de chaleur, de plénitude, cette envie d'être au-dehors, plus forte que tout, et soudain ce sentiment extrême qu'il est possible de continuer comme ça, de ne plus jamais rentrer nulle part. Alors il m'a semblé que Milan comme les autres n'était qu'un leurre, et que ces choses n'arrivent que parce qu'on en a tellement envie, ou besoin, qu'elles n'ont d'évidence ou de nécessité que celle qu'on veut bien leur accorder, et finalement ne résistent jamais à l'épreuve des heures, et que toujours vient le moment où il faut prendre conscience de l'immense imposture qu'est la rencontre de l'Autre.

J'ai levé la tête, j'étais devant l'immeuble de Martin. Je suis montée et j'ai sonné. Nous avons commencé par discuter de choses et d'autres devant une tasse de thé, puis Martin a sorti sa bouteille de vodka, un paquet de chips, et m'a demandé comment j'allais. J'ai parlé pendant trois heures, je ne pouvais plus m'arrêter. Il y avait des semaines que je n'avais pas parlé comme ça, librement, sans me demander si je correspondais au personnage (ou au moins à la dernière version qui en avait été diffusée), si j'étais dans le bon registre, le bon rythme, si je pouvais dire sans risquer de compromettre, froisser ou déplaire, si j'étais conforme à ce qu'on attendait de moi. Je me suis souvenue combien j'aimais chercher le sens, à voix haute digresser, épiloguer, faire des gestes idiots avec les mains, rire bêtement, passer du coq à l'âne. Mon portable a sonné à plusieurs reprises, je n'ai pas répondu. Vers minuit j'ai enfilé mon manteau à carreaux, mes gants roses et mon bonnet péruvien, après m'avoir embrassée Martin m'a dit :

– Il y a en toi quelque chose d'intact, Emma : ton sens inné du ridicule.

Quand je suis rentrée, Milan était assis dans l'obscurité. Lorsque j'ai allumé la lumière j'ai vu qu'il pleurait. Je me suis assise à côté de lui, j'ai fait basculer son corps contre le mien, je l'ai pris dans mes bras sans rien dire. Nous avons dormi comme ça, emmêlés, jusqu'au petit matin. Vers six heures j'ai posé sa tête sur le canapé, étendu ses jambes, je suis allée chercher la couette pour le couvrir. J'ai entouré son visage de mes mains.

Je l'aimais comme ça : loin du monde et du bruit. Hors de toute représentation.

Mais Milan avait besoin de lumière. Milan avait besoin du regard des autres, de millions d'autres, Milan avait besoin qu'on se presse derrière lui, qu'on l'admire, qu'on l'envie.

En février, alors que les rumeurs les plus folles circulaient sur le lieu et le nombre d'invités de notre mariage, j'ai accepté une interview dans *Elle* contre l'avis de Milan. J'avais envie de parler au présent, de faire entendre ma voix, de choisir les photos.

Quelques jours plus tard, alors que je rentrais la première, j'ai trouvé sur le répondeur un message de Cristal Production.

J'ai appelé Milan sur son portable et lui ai répété le message mot pour mot. Après un silence embarrassé, Milan m'a annoncé que nous dînions en tête à tête.

Le soir même, devant un canard laqué, Milan m'a expliqué qu'il avait accepté de participer au premier numéro d'un nouveau concept auquel il croyait beaucoup. Il s'agissait de suivre vingt-quatre heures sur vingt-quatre une star à l'aube d'un grand événement. Il avait été contacté quelques jours plus tôt par la production qui lui proposait de lancer l'émission avec la préparation de notre mariage. Milan avait signé. Une petite

équipe assurerait les extérieurs, tandis qu'une cin-
quantaine de caméras et de micros seraient installés dans l'appartement, dans son bureau, sa
loge, et tous les endroits où nous passions réguliè-
rement du temps. L'émission serait diffusée
chaque soir, sous un format de vingt-six minutes,
avec un montage des meilleurs moments de la
veille. Pour la deuxième série, une chanteuse
enceinte de quelques mois avait accepté le principe et serait filmée durant les trois semaines qui
précéderaient son accouchement.

J'ai demandé à Milan si le neveu d'Enrico
Macias ne s'apprêtait pas à faire sa communion, ça
aurait pu être passionnant. J'ai demandé à Milan
s'il était sérieux.

Il a posé sa main sur ma joue et il a dit oui.

Le samedi suivant, je suis partie. J'ai rassemblé
quelques affaires, vérifié que les clés de mon
appartement étaient toujours au fond de mon sac.
Milan dormait. J'ai caressé son front, ses tempes, je
suis restée plusieurs minutes, assise sur le lit, à le
regarder. J'ai pensé à Martin. Oui c'était difficile
de quitter quelqu'un qu'on avait aimé, qu'on
aimait encore, d'une manière différente. Dans le
sommeil Milan était si lisse. Quand il lâchait prise.
J'ai regardé une dernière fois l'appartement, les
vieux fauteuils de cuir, les miroirs marocains, les
murs nus. Dans la rue j'ai noué l'écharpe de Milan
autour de mon cou.

J'ai pris le métro jusqu'à la station Montparnasse où l'on inaugurait enfin, pour une phase
d'expérimentation de plusieurs mois, le Tapis
Roulant à Grande Vitesse. Une pancarte interdi-
sait l'accès aux handicapés, aux personnes
chaussées de talons aiguilles ou munies de bagages
encombrants. Il était conseillé de rester immobile
et de se tenir à la rampe. Je me suis engagée, j'ai
serré mon sac contre moi et j'ai couru. Transmise
par des haut-parleurs, une voix monocorde et
péremptoire répétait à l'infini :

« Gardez les pieds à plat, gardez les pieds à plat,
gardez les pieds à plat. »

Pour la première fois il m'a semblé percevoir,
très exactement, où se situait mon centre de gra-
vité.

Propulsée par mon élan sur la terre ferme, je
n'ai pu éviter l'homme qui était devant moi et marchait à une allure normale. Il s'est retourné et m'a
tendu la main. Un grain de beauté ornait l'aile de
son nez comme une petite pierre noire. Sa voix
était grave, retenue. Sa voix m'était familière. Il
m'a semblé avoir déjà croisé cet homme, être
passée à côté de lui. J'ai mis quelques secondes à
le reconnaître. C'était le preneur de son qui était
venu chez moi quelques mois plus tôt avec
l'équipe de *Stars sur un plateau*. Il se souvenait de
ma stupeur, puis de ma colère, au moins ce jour-là

ils s'étaient bien amusés. Il partait pour quelques jours à Cabourg, entre deux tournages, sa sœur avait un appartement là-bas qu'elle lui prêtait de temps en temps, il avait pris plein de pulls et un K-Way car on annonçait de la tempête.

Nous étions debout, nos sacs respectifs posés à nos pieds, je souriais bêtement et j'avais froid. Je lui ai demandé si je pouvais venir avec lui. Surpris, il a d'abord esquissé un geste de protestation puis s'est ravisé.

Il m'a dévisagée pendant quelques secondes sans rien dire, puis m'a demandé :

– Emma Pile, c'est votre vrai nom ?

– Oui.

– Alors je vais vous dire une chose, Emma Pile, je pars pour me reposer, je suis très fatigué et je ne supporte ni…

– Ça me va très bien.

Il a attrapé mon sac et nous nous sommes dirigés vers la gare.

Delphine de Vigan
dans Le Livre de Poche

Les Heures souterraines   n° 32095

Mathilde et Thibault ne se connaissent pas. Au cœur d'une ville sans cesse en mouvement, ils ne sont que deux silhouettes parmi des millions. Deux silhouettes qui pourraient se rencontrer, se percuter, ou seulement se croiser. Un jour de mai. *Les Heures souterraines,* qui fut finaliste pour le prix Goncourt, est un roman vibrant sur les violences invisibles d'un monde privé de douceur, où l'on risque de se perdre, sans aucun bruit.

No et moi   n° 31277

Adolescente surdouée, Lou Bertignac rêve d'amour, observe les gens, collectionne les mots, multiplie les expériences domestiques et les théories fantaisistes. Jusqu'au jour où elle rencontre No, une jeune fille à peine plus âgée qu'elle. No, ses vêtements sales, son visage fatigué, No dont la solitude et l'errance questionnent le monde. Pour la sauver, Lou se lance alors dans une expérience de grande envergure menée contre le destin. Mais nul n'est à l'abri...

Le Livre de Poche s'engage pour
l'environnement en réduisant
l'empreinte carbone de ses livres.
Celle de cet exemplaire est de :
200 g éq. CO_2
Rendez-vous sur
www.livredepoche-durable.fr

PAPIER À BASE DE
FIBRES CERTIFIÉES

Composition réalisée par FACOMPO (Lisieux)

Achevé d'imprimer en novembre 2012, en France sur Presse Offset par
Maury-Imprimeur – 45330 Malesherbes
N° d'imprimeur : 176464
Dépôt légal 1ʳᵉ publication : février 2010
Édition 05 – novembre 2012
LIBRAIRIE GÉNÉRALE FRANÇAISE – 31, rue de Fleurus – 75278 Paris Cedex 06